第十六封信・The Sixteen Letter

永恆的他方與定位

旅居、淺居、微住，常使用在具變動性的住居狀態，不追求久遠，容易因外在環境及內在聲音遷徙，為追求自我意向而出發，我視為一種現代游牧生活。而遠方、他方、他處，總能勾動游牧者一次次動身，尋找心中豐美的田草，那裡可能有著不同的、理想的生活樣貌。

這些之所以形成，我總覺得對應的彼岸，是「家」，一個與遷徙、遠方持相反向度的字眼。來自定居生活的思考意識，不證自明；對游牧者而言，也許家在重複的移動過程和落腳處，紮紮實實建立在心底，「家」是可攜帶的意識。

我認為，若沒有強大的心理素質和求生技能，是無法做到的。畢竟游牧不是流浪，是有所追求的移動，問題是：你正追求什麼呢？

起心比結果重要，過程指引未來，偏偏人們容易迷航、忘記出發的理由，成為隨波逐流的移動，那便可惜了出發時的勇氣和決心。他方永遠存在，謹記定位自身，再乘流游向開闊可能。

主編　董淨瑋

孩子的畢業百岳小記

in 台中和平

盛琳
bibieveryday主理人，在與小男孩和小女孩的日日生活中持續修煉著。

Evan Lin
攝影師、策展人、兩個孩子的爸爸，穿梭在工作與生活中的多重身分。

孩子學校安排的畢業挑戰「百岳登山活動」，一波三折，一開始因為排不到369山屋而將計畫從雪山主峰改成雪山東峰單攻，又因道路坍方改期，卻還是遇到雨天……

第一天大家先前往桃山瀑布步道暖身，走沒多久就遇到保育類鳥類藍腹鷴，一公一母，完全不畏懼人群，看來牠們已對人類司空見慣。隔天要出發雪山東峰那晚，孩子們在凌晨2點起床，3點登山口起登，領隊老師準備了入山儀式，黑夜飄雨中，大家圍在一起打氣，祈求山神庇佑，那幅畫面真的非常感動。

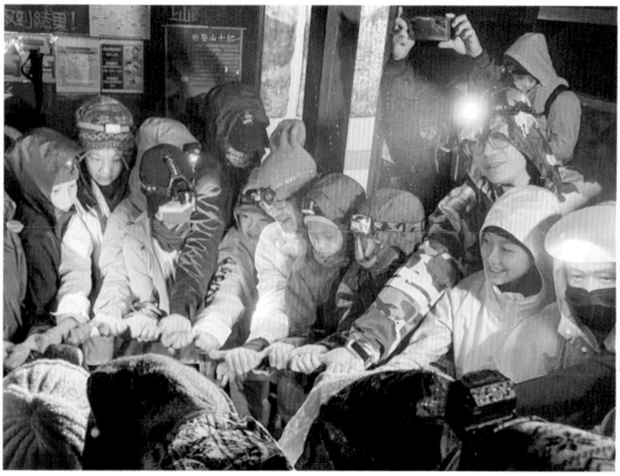

時刻 MOMENT

我們像一隻隻螢火蟲，頂著頭上的亮光前行，這段路程幾乎在雨中行走，必須忍受黑暗、濕冷與些微飢餓感，爬山除了考驗體力，更多的是磨練心智。從凌晨走到破曉，出登山口時已是下午1點。儘管最後沒有全班都抵達東峰，但對每個孩子都已經是很難得的歷練。

期望未來孩子能再去看看更多風景，能更從容地面對困境，那將會是學校給予最棒的畢業禮物。

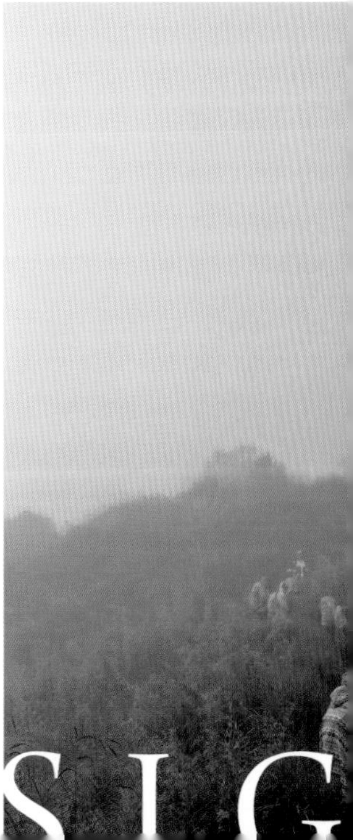

尋找時代留下的記憶風景

in 花蓮瑞穗

手上握著一份準備去拍攝的「花蓮縣文化古蹟地圖」，地圖上待拍攝的古蹟清單遍布每個鄉鎮，有的座落在繁華的市區街道間，有的則偏遠在荒郊野外。

車子開在從沒去過的產業道路，路旁稻田正是金黃成熟期，農夫開著收割機，三兩下飽滿的稻田就光禿禿，留下的痕跡形成線條，引導我看見更美的大樹風景；聚落裡傳來學校的下課鐘聲，過沒多久孩子們熱鬧的聲音

場景 SCENES

也傳到耳邊；再往北繼續開，鄉間小路上的老婆婆和貓咪在馬路上活動，我停下來等他們緩緩經過繼續向前。

古蹟所在地，有時導航沒辦法確切到位，只能知道大概方向，我找到附近人家詢問，這一家人養狗養鴨又養豬，牠們在前院走跳、吃草或休息，精彩地像野生動物園。我大叫幾聲，主人慢慢出來幫忙指路，才知原來我要去的地方就在旁邊，但已被野草覆蓋……攝影師立刻變身除草工，野草除盡才看到古蹟上日治時期寫下的「無窮」二字，恍然現身眼前。

我像一位尋寶人，也像是一位時光旅行者，走過現在的風景，來到過去的記憶中，看到某個曾經存在的故事。

林靜怡
宜蘭頭城人，現居花蓮壽豐，住在被山林擁抱和溪流洗滌的地方，與四隻狗兩隻貓一起生活，創立「大樹影像」是希望能為被攝者留下些什麼，並讓世界溫暖一點。

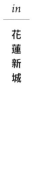

神社與天主堂

in 花蓮新城

記得第一次來到新城神社遺址，完全是個不經意的偶然。那天早上我一如往常在七星潭岸拋作釣，才正想說沒魚上鉤的姜太公該回去補眠了，突然一位許久不見的叔輩友人來訊相約吃早點，就選在離我最近的新城早餐店，但當時因疫情關係仍無法內用，我倆只好外帶找個適合小聊的地方解決這餐，想都沒想到那天我們就在這鳥居前的大樹下，共進了世代友誼的早點。

正因為那次在鳥居前的偶然，上網一查才知道裡面不只是神社遺址，原來還有個方舟建構的天主教堂，對於不同文化的結合或碰撞，都引起了想再次到訪的好奇心。於是我這次正式地走進鳥居，踏入神域與人類相連結界的參拜道，參道旁的石燈籠仍保存的很好，每向前邁進一步，就多一段歷史畫面在腦子裡奔騰，是當年日本軍人與太魯閣族人的事件衝突，是血染立霧溪的槍砲聲，才發現原來在這的每一步都是沉重的。

直到我進入方舟天主堂，真的像是在大船艙裡的禮拜空間，循環播放的詩歌圍繞著這艘大船，同時也包圍了我原本被歷史擾動不安的內心，此刻才理解當初為何選定此地建蓋教堂，我想這絕對不是種對歷史的安慰，比較像是諾亞方舟一般，容納著願意走進來的不同出身、不同未來的生命，互相理解與包容才可能真正

建築
BUILDING

觀看　　的　SIG

H T

視　　　　線

建築 BUILDING

免去無謂的流血衝突。只可惜這個世代的正義是有國家之別的，仍有許多國家被戰爭包圍著、威脅著，走到參拜道的盡頭是第二座鳥居，鳥居後的五葉松林或許是神社的標配，但矗立在原神社舊址的卻是一尊溫柔的聖母像，於此我的文化刻板觀念又再次衝突及凸顯。

現代社會裡的所有資訊，無論是照片、評論還是相關文章，我們都能輕易的從網路上摘取，但我相信只有親自到場感受，才能真正體會到歷史與文化的溫度，而建築更是如此。這裡的貓、這裡的風、這裡的聲音，身體會悄悄告訴我這裡發生過的小故事，網路上的一切就當作一種參考就好，疫情也解封了，想知道什麼就出發吧。

邱家驊
躲在恆春十餘年的影像人，拿著釣竿就住海邊，不時也爬進山裡砍柴玩石頭。攝影是工作更是生活，快門之前是積累的日常感受，快門之後將消化成未知的養分，回饋給自己。

死了才要愛的逃家男孩

in 台北萬華

「我愛台南，我台南人啊！」

黑子毫無忠誠地瞎說。

「2019年之前，我還沒結婚，那時我只會在台北和高雄，在台北市工作，去高雄找朋友喝到爆，然後再睡三天！因為南部很熱情嘛！旁邊的阿公說：『啊！食飽未？』、『我不用吃東西！有喝酒就可以。』所以我就自己一個人去，交了很多朋友！後來更誇張的是，有一次老婆帶我去認識的酒吧，喝了四攤都不用付錢。隔天

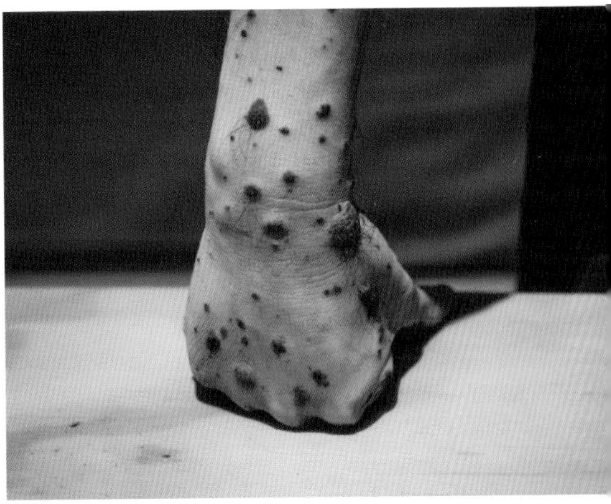

摸口袋，都沒有花錢！」隻身來台灣時，說自己直接去認識朋友就好的男生，是來自香港的新移民——「黑子」陳偉霖。

黑子很健談也很Chill，我們先是聊到城市：「有次我在高雄圖書館總館的門口喝酒，喝了三天，喝到路人關心！所以真的只和高雄和台北比較熟，直到和太太結婚才第一次去台中，因為太太是台中人。每次開車經過七期，看到很多高樓跟香港一樣，所以不想下台中都直接經過。後來嫁給太太，住在約20坪的小透天厝。那是House耶！不是Apartment耶！」

住宅這件事大概是他最大的文化衝擊：「在香港時，自己一個人住大概三坪！是沒有櫃子的，還要坐在馬桶上洗澡，小小的冰箱只能放啤酒就滿了。也因為冰箱沒有位子，所以不喜歡喝啤酒，都買燒酎和威士忌。」說完他吞了口燒酎。

認識黑子對我來說最驚訝的，是他人生從還沒有意識到現在，一直與皮膚癌共處，甚至被醫生宣判活不過三歲，我問：「皮膚癌會不會導致自卑的狀況？」

長大後回頭看，為了要強大所以不會自卑，黑子說：「這件事對長相不會困擾，反而帶來太多好處，我也沒有想靠著生病的標籤，我不是生命鬥士好不好！是沒有維持也沒有去管它而已。」可能長大過程中很會利用「當病人的好處」，黑子從小到大看透人性，香港人說「世界仔」意思是很會看別人臉色、隨著氣氛自處，小聰明到丟到世界各地都能活下來。「我爸媽曾經超級無敵擔心我會找不到女朋友。超、級、無、敵！後來我媽媽因為我女友太多問說：『你可以選定了嗎？』」完全出乎意料之外！

黑子說自己高中沒畢業，但他腦袋像創意總監一樣靈活，「老師說我應該要讀書吧。我回說『我還要讀書喔？我都不知道會活多久欸？』，很容易把生病變成逃避唸書的理由。長大的過程，也有老師說我是斑點狗，我不會去冒犯別人，但有人冒犯我的話，我就會用盡全力反擊、為他上一課，因為他們需要教育。所以他打我，我就打

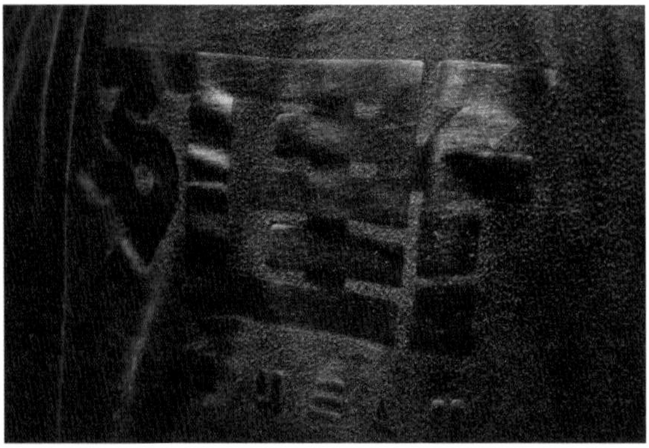

他。」堅強的他說自己是壞學生，從霸凌中學習到保護自己的方式，是以更強大的暴力面對對方。

24歲時背部腫瘤變大，嚴重到需要動大手術挖下腰後的一塊肌肉。「重點不是延長自己的壽命，是在生命的過程中做過什麼？」本來他做事情的態度是「I do I like，那次之後變成I like I do，每一件事情要喜歡才做。」他開始用相機拍社會議題，如都市更新、皇后碼頭抗爭，也認識到一些有趣的人。

「其實沒有為別人打過工，2012年為自己寫遺書，辦了喪禮。」突然黑子變成死亡的代言人，很多學校找他演講談自殺相關議題，也曾在殯儀館裡辦音樂

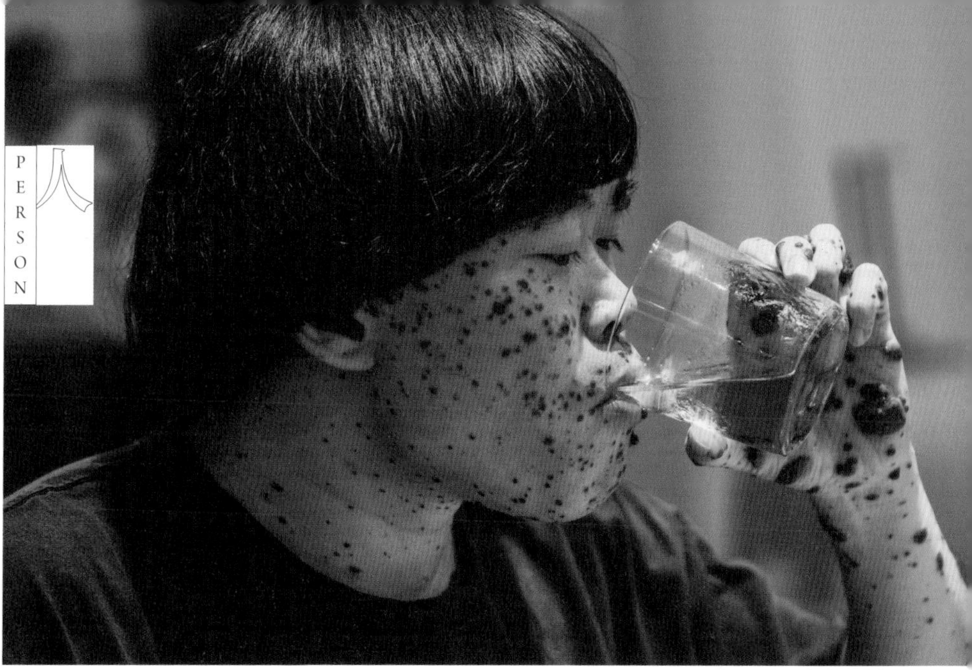

會，還自己設計衣服、創立品牌「Fashion Is dead.」，從聖經中樹葉成為世上第一套衣服的想法找靈感。「我還突襲公園辦時裝秀，花了十幾萬港幣，然後做了一些衣服賣不出去，品牌就不在啦！」

那麼未來呢？「未來粵語說Mei loi，聽起來像『沒來』，好像永遠不會來，我不需要思考未來，不需要身體健康或是維持家庭。我現在還在這裡就是『活該』，到現在都是別人邀請我，反正時間太多了，對我來說我賺到十年，最少。」

而黑子後來創辦「死嘢」（音同Say Yeah）非營利組織，關注死亡教育與生後事。「我本來對未來沒有什麼想像，有想像就有期待，所以不需要去思考。但現在有點不一樣，怕身邊的人擔心我，所以遇到事情會馬上解決，太太說：『可以不要喝這麼多酒嗎？』、『好！』」

只是現在有點不開心，「人家說英雄氣短，幹！我現在還在，那應該不是英雄。」，我回應著「沒有！你應該是禍害！」。

李政道
經營線上平台「西城 Taipei West Town」。曾有多年迷惘的只為廣告服務，在中國工作時認識了台灣。偶然的機會下台北小孩才從一攤攤質樸的小吃，走入其實風華絕代的老派台北。

目 Contents 次

游牧聚落

Feature 特輯

游牧之心

定居之前

游牧聚落

（攝影／陳又維）

（攝影／李緩緩）

Sight 觀看的視線

Another Life 另一種可能

Inside of Place 走進地方

Grow From Land 和土脈脈

游牧聚落

Nomadic Settlement

探尋生活原真的可能性

人為何總是想要離開？

遠行、遠方、他方，彷彿具有改變的允諾？

隨著島內移民、自由工作的趨勢愈漸發展，

愈多人因嚮往異地生活、頻繁地移動居住地，

逐漸讓部分地區成為「換生活」的聚集地，

甚至進一步形成各具風格的游牧聚落，

吸引相同頻率的人前來。

探尋共同的生活意義，持續遷徙的流變

是當代游牧聚落的特質。

流動，就是它的原真。

第一眼，游牧性格大解析

文字－編輯部　插畫－zoolavie

現代游牧者以打造理想生活為驅動力，在地方之間頻繁移動，經濟發展未及的不毛之地，常是他們眼中最適合落腳的夢想之地。隨著時間推進，游牧聚落在地方逐漸成形，聚落樣貌因著各時期參與者的互動、交流不斷流變。

習慣獨行，還是偏好群體生活？處事風格是計畫通，或是隨機應變？游牧生活的實踐方式，通常取決於個性與人生狀態。來吧！憑第一眼直覺選出一張牌卡，看看自己適合什麼樣的游牧模式！

A

B

E

C

F

D

My Nomad Personality Type

心之所向 × 揭曉時間

A 獨立且適應力強，說走就走的行動俠客

你對各種事物充滿好奇，遇事處變不驚，見怪不怪。擅長與人搭話，但喜歡獨處勝過團體生活。處於探索自我狀態的階段，也想多處看看，體驗各處的地方個性。具有簡單準備，即刻就能出發的率性，只要在一個地方待夠長、感覺時間點到了，就會啟程移動到下個據點。

B 遇見新的可能性，在聚落裡找到歸屬感

屬於直覺感性派，只要遇上頻率接近的人，話題可以一個接著一個聊不停。你了解自己，也已達成許多人生目標，但近期感覺生活中似乎有哪裡不太對勁。一趟旅行裡，你將遇見可愛的空間，和當地游牧者很快打成一片，並在此找到歸屬感，留下來共同生活的意念越來越強烈。

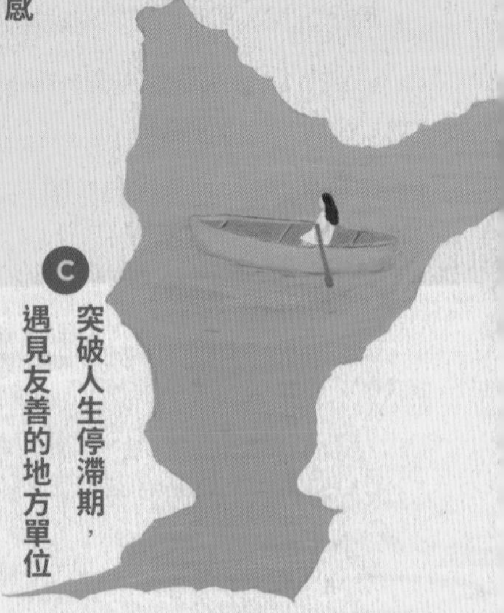

C 突破人生停滯期，遇見友善的地方單位

身為心思細膩的計畫通，你習慣沙盤推演再行動，個性雖較為慢熟，一旦打開開關便能舒適融入團體。現階段，感覺自己在無限循環的迴圈裡，想要一段不同於以往的生活。將遇見友善的地方單位，可提供住宿、工作體驗等資源，讓你認識在地文化與建立自己的人際網絡。

D 職場能力者，未來的地方斜槓工作者

你熱愛工作但不是工作狂，清楚自己的界線，在工作裡如魚得水，也透過工作結識多位好友。目前沒有改變生活狀態的打算，但也不排除任何可能性。一項外地出差的任務很吸引你，可能透過這次的案子，開始結識地方游牧者和聚落，有越來越多當地的工作機會找上門。

E 拋下煩惱與壓力，成為異地聚落暫居者

什麼事情都習慣自己處理的你，抗壓性超乎凡人。不擅長表達自己，但善於傾聽他人，是團體中最溫暖的存在。近期可能會因人際、工作或學業壓力處於崩潰邊緣，久違地主動向多年好友訴苦，在好友鼓勵下決定暫時離開現在生活，而有認識異地聚落的機會，一住下就不想離開。

F 具備智慧與勇氣，全然接受現狀

你個性知足常樂，凡事不求多，但求生活平順。認為生命中的酸甜苦辣，都是豐富每段日子的必經過程，一切的發生都是最好的安排。對現有生活感到滿足，沒有急迫的慾望需要改變，習慣不論發生什麼事、遇上什麼狀況，都一一處理化解為優先，也因此練就足夠的力量面對與化解。

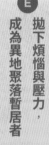

遠行、遠方、他方，等同改變的允諾？

文字—張耀仁　插畫—zoolavie

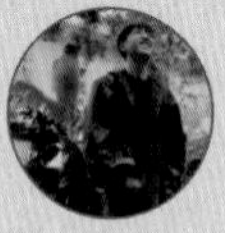

張耀仁

臨床心理師，現任台灣存在催眠治療學會理事。嘗試實踐人文臨床、現象學心理學，偶爾接案寫字。

1990年林強一首〈向前走〉在島內大鳴大放，不僅為台語樂壇帶來新的氣息，幾句歌詞更串起了幾個世代的青年，意氣風發地遠離家鄉、外出打拚，一切「啥物（siánn-mih）攏毋驚」的心境。就此移居他方，乃至發達的故事，我們已聽得太多。

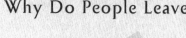

遠行、遠方、他方彷彿具有某種為人帶來一個人身份的變換、經濟資本的累積、實踐嚮往的生活風格等—改變的允諾。只是一旦我們多加留意，便會發現，人們並不總是只懂得向前，允諾也不必然兌現。

好比將時間軸向前或向後拉一些，羅大佑的〈鹿港小鎮〉、交工樂隊的〈風神１２５〉裡的離鄉青年，或內心滿溢著遠行後，回望故地的自省與歲月消逝的喟嘆，或面臨消風（siau-hong）而不得不踏上歸途（之於一些人則是另個去途的開始）。就算如此，仍有許多人選擇在某些時刻動身。讓人忍不住想問，人為什麼要離開？

問題是：為什麼我在這裡

最一般的設想，可能是受到自然環境、地方社會變遷、國家政經興衰等結構性因素的影響，而主動、被動地離開；也可以是深受某人事物的召喚，毅然決然踏上旅程。這似乎意味著，離開的背後總得要有點什麼或大或小的原因。

想想我也離開故鄉好長一段時間。高中畢業即到外地求學，後來為了求職選擇繼續向北移動。回想起來，工作後的日子是固態的。每早自租屋處出發，走往馬路對側，穿越幾棟灰白巨型建築，搭上老是遲來的交通車，去到另一棟位居丘頂的灰白巨型建築。辦公室在高樓層，裡頭的燈光讓原木調的牆面和地板，更加接近琥珀色澤。冬季常起霧，濃霧會從玻璃窗下方的邊縫滲進來，滲進肺裡，那味道像是建

築外牆剝落的粉粒，日子一長，不禁使人懷疑自己是否就這樣成為巨型建築的一部分，此生無法區分開來。後來，我離開那座潮濕，時常漫霧的小鎮。

對當時的我而言，面對的問題並不是為什麼要離開，卻是為什麼在這裡；只是早在此之前，因為求學、求職而離開故鄉，是那麼理所當然，絲毫不需去設想為什麼要離開。倘若結果都是離開，這樣的差別究竟在哪？我百思不得其解。

「承認吧，你就只是無聊罷了。」假使哲學家海德格站在一旁，恐怕會這麼說

在《閒暇與無聊》一書中，日本哲學家國分功一郎剖析「閒暇」、「無聊」（特別是後者）兩個近代現象，勾勒當代人類的生活樣貌，並試圖進一步回應，人們到底該如何在這樣的世界中思考自身；其中，國分功一郎以人類史的考古觀點作思考，談到人類從游牧生活進入到定居生活的差異。

不知道有多少人和我一樣，過去對所謂游牧生活的理解，多半來自國中小的史地課本裡看到的採集漁獵、逐水草而居，並下意識地形成生活飄蕩、餐風露宿等印象。國分功一郎解釋這樣的印象或想法，是來自定居生活的本位思考，認為定居生活才是人類追求的終極目標，而導致對無法實踐此理想的游牧生活的偏見。

宏觀來看，早在四百多萬年前，便已出現過著游牧生活的古猿人，直到近一萬年，人類才發展出定居式生活，兩相對比，後者可說是非常短暫；如果是這樣的話，會不會該反著想：其實人類的整體能力，更適合游牧生活，才會在數百萬年間持續過著游牧生活？

不過，國分功一郎並非要倡導人類應當全面重返游牧生活。而是藉此指出人類從游牧生活過渡到定居生活後，不再需要適應不斷更異的新環境，定居者必須另外找尋讓過去發展出來的探索能力，有能夠發揮的地方，因而促使「文明」的產生；同時，一成

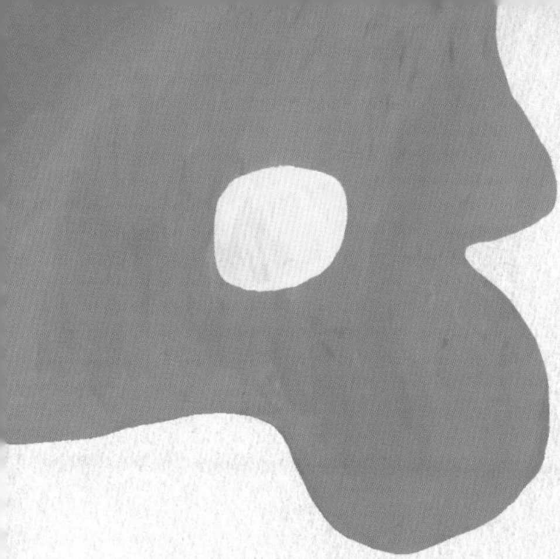

不變的定居景色，人類失去充分運用身體能力的機會，落入了「無聊」處境。如此一來，定居生活的人類開始被迫要去迴避「無聊」。

想想的確，說到無聊，誰沒有過呢（或許閱讀這篇文章的你就正處在這狀態也說不定）。你看，即便大哲海德格也無法倖免。

關於他的無聊是，「我們在偏鄉的地方鐵路支線上，坐在某個無趣的車站裡。下一班列車要四小時以後才會來。這個地方也沒什麼特別的吸引力。其實背包裡還有一本書—那麼，要看書嗎？不，好像沒那種心情。那還是要來思考什麼大道理大問題？嗯，好像也不是那種氣氛。讀一下列車時刻表、詳細看一下從這個車站到其他地區的距離一覽表，但這些地區的狀況也完全搞不清楚。看看錶，終於剛過了15分鐘。那麼到街上看看吧。我們只是為了要找點事做，走過去又走過來。不過好

像沒什麼幫助，那這次數一數街上兩旁種植的行道樹的數量吧。

再看一下錶，離上次看錶的的時間剛好又過了5分鐘。走過去又走回來也讓人厭倦了，這回坐在石頭上在地上畫各種圖案。再回過神來，又不自主看錶，好不容易過了半小時—大概是這樣的過程。」—（引自《閒暇與無聊》）

如果把路上閒晃、數行道樹、畫圖案，替換成滑手機／平板、聽音樂／Podcast，

豈不就是時下你我了嗎？等待時感到無聊，希望時間趕緊過去，於是透過各種消遣來殺時間。而除了等車、等開會結束或等什麼之類，有具體讓人感到無聊的事情發生之外，海德格說還有一種更為深層的無聊。例如參加聚會。

怎麼會？撇除非志願性的聚會，許多活動都是我們自己所期待和安排的吧，這樣怎麼可能會無聊呢？

然而，會不會有人曾經驗過：在一次又一次的聚會，感官刺激一層又一層向上堆疊後的某個時刻，忽然感覺雙腳踩空，跌進空虛裡；回過神來，發現這些活動本身就是消遣（殺時間）的存在。聚會中，我們跟身旁的人打成一片，一邊談天喝酒，一邊配合當下的氛圍動作，把自己給交付出去，不再向外追尋、探求什麼，跟隨周遭更加輕鬆自然，逐漸不能自己，空虛、無聊遂無聲地從內裡滋生，直至漫布全身。

這倒不是恐嚇或規勸大家避免參加聚會。事實上，海德格認為人活著，根本上無法避免被「無聊」這種情緒所籠罩—「無聊」像是夜裡遠方傳來的鈴聲，聲聲喚，聲聲漫，無間斷地要求聞者回應—要是這樣，人不就注定無聊死了？

探尋，讓時間和生命再次流轉

在思緒看似走到盡路之際，我想起了那碗魚湯。

好幾個年末，我都造訪台南，為的是那碗心心念念的魚湯。入腹後的暖湯宛如伏流，自腹裡沉靜地向著周圍，流往指尖，身體彷若旱土逢甘霖，一點一寸地柔化開來。位在路邊的攤販，一旁車過不停，騎樓下人來人去，我並不是沒有留意到—只是此刻這些人影、聲音，都從鬆軟而冒出氣孔的身體溜走，不作停留。於是時間也跟著身體蓬鬆起來。彼時的我，是一點都不無聊的；同時，我也才記起自己來到台南，是為了離開。

細膩如你，可能已經注意到前頭講了一長串的無聊，其實都涉及時間。說得更精確一點，是停滯的時間。

當時間停滯時，我們對著周遭事物呼喚，然而事物不再向前回應，等的車不來，會一直在開，日復一日，即便身處在人群（社會）中，不，恐怕正是身處在人群（社會）之中，更突顯自身的格格不入感，如同滑脫的齒輪，鑲不進時間的刻度裡，失去依恃——在此意義下，人們的離開，不單是離開某個地方或情境，更意味著離開生命的停滯感。

有趣的是，國分功一郎對無可避免的無聊處境，所嘗試作的其中一個回應是「去享受」。他認為聚會裡的海德格，之所以感到無聊，是因為他不懂得欣賞與享受食物、音樂或雪茄這些物質所帶來的經驗；當然，國分功一郎絕對不是在鼓吹追求感官經驗的消費行為，反而強調消費主義式的作為，乃是破壞人類「去享受」的元兇。

我私自在想，或許國分功一郎也有屬於他的那碗魚湯。

若是時間停滯的人們真有所期盼的話，盼的無非是再次活進種種富有滋味的時刻，有酸有甜有苦有鹹，身體輪廓明朗，時間遂再次流轉起來。魚湯之於我，就如同李歐納．柯恩（Leonard Cohen）之於騎著風神125的阿成，也可以是什麼之於你，那一個個什麼，活脫是跑跑跳跳的可能性，看似抓不準——不過正因如此，探尋才有意義，不是嗎。

如果以游牧作為一種生活的可能

文字整理—曾怡陵　攝影—YJ

思想家提姆·英果爾德(Tim Ingold)談流動、詹姆斯·克里夫(James Clifford)談存活路徑、安娜·秦(Anna Tsing)提出人類世生存的洞見，不僅學界吹起流動、移動的討論風潮，現實生活中也有許多人為了共同價值，探索不同於定居的共居方式。這些聚落是怎麼樣的存在？當他們逸出國家的控制，維繫群體的驅力會是什麼？康旻杰、洪廣冀兩位學者從都市計畫、歷史、地理等理論素養出發，為我們照見不同案例的脈絡。

康旻杰

美國西雅圖華盛頓大學建築及規劃學院都市設計暨計劃系博士，台灣大學建築與城鄉研究所副教授。曾主持寶藏巖聚落等規畫案，在國內外聚落田調路上堆疊視野，拋出多元生活樣貌的可能性。

洪廣冀

哈佛大學科學史系博士，台灣大學地理環境資源學系副教授。廣泛地修習森林學、地理學、人類學、歷史學等學科，從山林部落汲取身心和知識的能量，在跨領域的學習和跑田野的過程中拓展思考疆域。

Q.近代人類學、哲學等領域開始談論「游牧聚落」的概念，「游牧聚落」在現代社會中，是怎麼樣的存在呢？

我覺得，把游牧跟聚落連在一起，就產生一種很奇妙的感覺。聚落我們會說settlement，就是settled（定居）了嘛，但游牧就是到處跑呀，你很難去定義出一個具體的生活地點。

法國哲學家吉爾．德勒茲（Gilles Deleuze）就去分所謂的平滑空間跟皺褶空間，皺褶空間是國家，那在平滑空間裡，基本上任何地方都可以是落腳之處。特別是在現在這種數位年代，出現了數位游牧，只要一台電腦，到哪裡都可以落腳，但他們也有可能會因此形成聚落。

現在學界很愛講游牧，流行講什麼遭遇、人跟人的相遇、互放的光亮、靈感、異質啦……

建築可能偏向談其中的自力造屋。

對，然後拼裝啦等等，這些都跟游牧有關。當游牧開始變成潮的、被鼓勵的、正統的，是不是就能夠發揮我們以為的價值？在我們這個學科裡，很常去講詹姆斯．C．斯科特（James C. Scott）的Seeing Like a State（《國家的視角》），講的是國家如何透過劃定地籍、戶籍，把全部的東西定著在固定的點上，便於控制。現代國家認同的生活方式是定居的、有規畫的、固定的，同時會產生出它的鏡像，就是游牧，強調不受規矩、流動。但反過來講，即便政府把游牧固定為一種生活方式，還是會催生各式各樣意圖以外的後果，這就是一種共舞吧，最後這個偉大的控制計畫會引火自焚。

你知道為什麼游牧都會連結到anarchy（無政府）？an是跟archy合在一起的，那個archy本身就是state（國家），an是absent，就是國家缺席的狀態。所以游牧是在看，沒有國家要怎麼過下去？他只有一條路叫做自給自足。像在以色列的Kibbutz（奇布茲，社會主義聚落），一群經歷離散遷徙的人，落腳後靠農耕放牧等方式集體共居、想辦法生存，那背後的力量不是來自國家，反而接近anarchy。

而nomad游牧這個字源於希臘的nomos，nomos意思是法則，但跟國家律法不一樣，是在內部慢慢協商出來的秩序。比如寶藏巖的巷弄到底是怎麼跑出來的？現代都市計畫常說要規畫分區、基礎設施、公共道路……，但沒有這些計畫和後面的規畫者的時候，到底要怎麼協商出哪些叫做公共路徑？所以nomos是nomad背後運作的基礎。

nomad游牧這個字源於希臘的nomos，nomos意思是法則。

我想起一次跟著排灣族獵人去打獵，因為我不可能半夜跟著他們走，就被放在一個有篷頂的開放空間，我嚇得半死，第二天才知道原來一直有人在一百公尺外的距離守護我所處的區域。那裡雖然完全開放，但對他們來講是可以識別的空間，所以他們內部其實有自己的邏輯，有點像什麼mushroom（松茸）那本書在講的內部運作規則。

《末日松茸》，就是最近安娜．秦（Anna Tsing）出的那本書。

資本的末日。

對，原生林被伐除後，長了次生林，然後造林，松樹下就長了松茸。基於日本人對松茸的愛好，所以價格很高，而美國西北太平洋這個長滿松茸的松樹林就吸引了來自四面八方在都市裡活不下去的人，他們內部會展現出自己的秩序，然後他們又連結到日本東京這個超級資本主義的體系。對作者來說，那片森林、松茸、尋菇人就是資本主義的廢墟。當地球被人類搞爛以後，從這個廢墟裡面滋生出來的各種生活形式，搞不好是人類何去何從的解答。

Q.個人對「游牧聚落」形成的原因和觀察。

我自己有時候會覺得游牧其實才是比較合理的生活方式，至少就山裡面來講。早期不管是原住民還是進山開墾的漢人，要在那樣子的環境下生存，大概不至於發展出什麼定耕的農業跟居住方式。比如說像原住民是先開闢旱田、種小米，等地力沒辦法支撐的時候，就再遷移到另外一個地方。游牧其實是過去很顯著、一種因地制宜的生活方式。我們現在會看到一個一個的聚落型態，是近代國家進來要做土地規畫、山林保育或水源涵養產生出來的結果。

日本帝國進來之後，認為游牧是不正常、不合理的，一直要去矯正。同時也因為統治上的需要，開始做地圖測繪、設地籍和戶籍、進定居開始成為國家認可的生活方式，游牧被邊緣化，被當成異常。

行土地利用規畫，定居開始成為國家認可的生活方式，游牧就被邊緣化，被當成異常。從統治者的角度來看，山林容易窩藏一些反抗勢力，整個清代到日本時代的幾個大規模抗爭，其實都發生在這種沿山地區。山畢竟不好管，某個程度上是鞭長莫及，但越不好管，政府就越想管。抓越緊，漏出去的越多，各式各樣的勢力就會冒出來。

在台灣史上，因為伐木、造林形成的聚落在山林裡其實還滿常見的，特別是造林，因為一個造林地都需要五年的時間經營，範圍又非常大。我們最近訪問過去的林班業者，他們因為要照顧造林地，所以會形成聚落，裡面還有教會。

廣冀講的是在山上，我想講的是在宜蘭東港海邊的聚落。每年11月到隔年2月可以合法捕撈鰻苗，海邊會出現一個一個的帳篷，那些帳篷非常有趣，大部分有點像是回收廣告或選舉帆布搭成的，裡面會有一個小教堂，那可以稱作教堂嗎？反正他們會在帳篷裡面做禮拜，旁邊還有用來烤魚的公共空間。裡面大多是原住民，很多是從台東、花蓮過去的。2月過後就全部消失，回復到原本沙灘的樣貌。

因為工作而形成的聚落又是另一種，像寶藏巖最早有新店溪挖砂工人搭建的工寮，日治時期因為水源保護，就沒有那麼多人在那邊蓋房子。戰後外省老兵又開始蓋房子，那就是為了居住的需求，藝術家的進駐則是很後期的事情了。

還有一種是很spiritual（精神性）的，一群人有共同的intention（意向）。像汐止夢想社區每年都會帶人去美國參加Burning Man（火人祭），光門票就至少是五百美金起跳。每一年差不多九天的時間，來自全世界將近五萬多個人在內華達州的沙漠共居，每天在沙塵暴中營造各種各樣的藝術物件，最後會有個儀式，把最大的The Man木造雕像燒掉。這有點是游牧的概念，一年有一段時間到那裡進入一種原始狀態，對很多人來講是具有吸引力的，年輕人尤其是。有一年，他們還燒掉蕭青陽的「蓮花媽祖廟」，滿有趣的。他們每一年都有一個主題，我覺得很new age（新時代）。

到底為什麼會有那麼多人願意花這麼多錢游牧？這對我來說有點奇怪。那一段時間的吃喝拉撒全要自理，完全地放逐自己，會讓一個人的生命狀態變得很不一樣。

像我每天從台北移動到宜蘭，這是個人選擇，但如果一群人都做同樣的選擇，背後到底有什麼樣的動機或力量？我想起八八風災後，屏東大社部落很多人遷到山下的禮納里，當時頭目也覺得要集體遷徙，但有幾戶族人不認可永久屋，堅持留在山上。因為學校被摧毀了，所以他們在家自學，而且物質基礎很匱乏。游牧這件事在那個時候，是有特定的意向，不是因為血緣的關係就跟著大家，要冒著被視為叛徒的風險。當其他人都選擇遷徙，但你相信原鄉的價值，不願意跟著大家遷入永久屋，反而像在原鄉游牧，那到底是誰背叛？那個背後很有趣，可以有很多選擇，我不覺得有誰對或誰錯。

Q. 這類型聚落，對當地原來居民和聚落，會造成什麼衝擊和影響？

我舉一個比較極端的例子。野青眾曾在華山草原成立一個自治區，剛開始那群人很飄忽，比較沒有確定的活動時間和地點，譬如說，白晝之夜他們就出來策畫個遊行，有時過年會有自己的儀式。他們開始在華山草原租地

時，其實有申請一個URS（Urban Regeneration Station，都市再生前進基地計畫），召集人就號召大家來蓋自己的帳篷。他其實不認識那些參加的人，這是關鍵。

一開始是一個人，想要探試都市裡面到底有多少自治的機會，但是大家聚集後就開始產生很多問題：水在哪裡？垃圾誰來處理？他們每天其實要花很多時間處理垃圾。旁邊有個公廁，所以還可以用公廁的水把自己清理一下，如果沒有公廁，我不知道他們怎麼活。那時就出現很多奇奇怪怪的人，包含都市獵人，會在都市裡面打獵。

真的是打獵嗎？

真的是打獵呀，譬如獵老鼠。那個狀態是無為而治，我覺得自治跟無為而治還是有一點差別，他們沒有達到大家討論出某一種共識的狀態，而是放任。有一些人出現在帳篷，也搞不清楚他們是誰，後來發生命案，就在很短時間之內看到一個自治區完全解體。

另外，他們跟旁邊里長的關係是非常緊張的。社區居民看著草原出現很多不知道來自什麼地方的人跟物，每天生產一堆垃圾，與一般有管理的都市環境有很大落差。命案發生了，即便兇手不是野青眾那群人，周邊的人也不會支持。

台南的能盛興工廠則是個很不一樣的例子。他們租了工廠後採

用一個跟周邊很不一樣的生活方式，他們清楚如果跟鄰居沒有良好的關係，大家一定會覺得他們很怪，就開始在門口販售一些小農的菜，慢慢跟鄰居建立關係，也幫忙做一些雜務。後來會離開是因為租約到期，之後跑去四草落腳，現在做原生植物復育，還滿有趣的一群年輕人。到最後他們跟周邊的關係其實還不錯，我覺得這就已經很難得了。不然，比如他們可能會玩音樂，被檢舉會很麻煩你知道嗎？以前寶藏巖就會這樣子，寶藏巖公社的價值觀、生活方式跟第一代佔居的人差非常多，兩者之間會有衝突。不只玩音樂，還會一群人圍在火堆旁，這對原來居住的人來講是非常害怕的事情，後來真的發生火災。

Q. 游牧聚落有可能因為外部壓力而改變原本的狀態嗎？

丹麥的Fristaden Christiania（克里斯欽自由城）從一開始佔屋就跟要強拆的警察勢力有清楚的邊界，裡面也發生過命案，那警察要不要進去？那條防線雙方戰鬥太多次了，最後要被政府迫遷，他們就開始向全球募資買地，所以你們也可以去買，全世界的人都可以成為Christiania的地主。

也有很多案例是出現危機的時候，有一種特定價值觀的人會跑進去說地方不能拆，要保存，而且保存的不只是建築，還有人。有一些外部角色進去的時候，這些人的價值觀又跟原來的人不一樣，有時候還滿一廂情願的。

很難說這是好是壞，但就會有這種外部的影響，造成內部的質變。

我想到寶藏巖原住戶跟藝術村的關係在經過十多年的互相琢磨後，態度也改變了。因為他們可以留下來的年限只有12年，為了要爭取繼續居住下來，還要自己去提proposal（提案），說可以種菜、開雜貨店等等。我不知道這算不算一種自主性，還是一種被動的自主性？這在他們過去的生命經驗裡是不存在的，現在為了居住，要轉換成某一種價值觀。我很難說這是好是壞，但就會有這種外部的影響，造成內部的質變。

Q.如果以生態體系來看，會認為游牧聚落帶來哪些影響？

康老師剛剛講的，讓我想到，講到聚落似乎一定會提到人。最近人類學家蔡晏霖老師有個關於福壽螺的研究，提出聚落會跟附近的農田、田裡各式各樣的生物形成一個家園，再也不只是人的聚落而已。在自然界裡面，物種會改變、遷徙、傳布等，游牧這件事情反而是常態。在談游牧聚落的時候，更有必要把非人的物種放到對等的位置去思考。

日本殖民者來以前，山林裡原住民和漢人原始粗放的游牧生活維持，造就了台灣淺山地區非常豐富的生物多樣性。森林被人為有限度的擾動過程中，出現越來越多奇怪的物種，創造出非常多的niche（生態棲位），讓生物可以在當中棲息和生長。

我想起最近看的一本書是《白令海峽的輓歌》。白令海峽陸地的生產力非常低，因為日光會被積雪反射回去，所以陸地上不會產生太多綠色植物，更不用說去發展什麼了不起的定耕農業。主要有生產力或能量聚集的地方是在海裡，那邊的浮游生物和魚類餵養了弓頭鯨、海象等體型龐大的動物。當地的原住民為了要在這種生態系裡生活，自然而然會形成游牧的生活型態，跟隨動物能量的流動跑來跑去。

在自然界裡面，物種會改變、遷徙、傳布等，游牧這件事情反而是常態。

那個故事後來講的是，白令海峽兩岸一邊是自由主義經濟，一邊是共產主義經濟，兩邊都試著要把這些能量聚集、框住並貯存，所以開始發展馴鹿的養殖場，又撲殺吃馴鹿的野狼。當獵捕鯨魚再也不只是為了要維持聚落的生活，而是要將鯨脂抽出來，供養工業化都市的照明，跟著能量移動的游牧方式會慢慢被瓦解，國家試著掌握能量的作法在某個程度上違逆了原本自然界的邏輯。那一本書告訴我們，不管國家再強，都沒辦法輕易控制能量，養在牧場裡的馴鹿會生病，有各式各樣的生命循環，終將失敗。你把能量握得越緊，它就流竄得越快。

Q.能否分享國外經典的游牧聚落案例？

嚴格說來，有些案例現在應該不能算游牧聚落，但一開始的確是一群人以移動佔居的方式取得暫時居留的空間。柏林的squat泛指所有的佔屋、佔土地，柏林圍牆倒了之後，很多住不起房子的人就去佔領空屋，有一段時間整個柏林大概有六百個以上的佔屋據點，很驚人。其中很經典的是ufaFabrik（烏發工廠），原本是電影片場，後來被一群人佔據，他們在裡面做了各種各樣的生態實驗、教育實驗，裡面有自由學校，還有自己的馬戲團。

在蘇格蘭還有個Findhorn Ecovillage（芬霍恩生態村），和剛提到的Christiania、ufaFabrik都超過50年。有更多信仰同樣價值觀的人自己蓋房子，也有一群人倡議需要更多的資本去維護那樣的狀態，就開始出現贊助者。有一次，法國化妝品集團L'Oréal Paris（巴黎萊雅）想贊助，有一群人堅持不接受，因為L'Oréal做動物實驗，跟他們相信的價值觀落差太大了，可是另外一群人認為他們需要這樣的資金。我還在現場聽過他們的辯論，他們用莎士比亞的戲劇演出、辯論，最後他們接受了L'Oréal的資金。他們也開始在原本生態村周邊蓋所謂的Cohousing（合作住宅），並對外販售。

Q.認為有理想或健康的游牧聚落嗎？如果有，應具備哪些元素？

講到健康這件事，就像我剛剛講到的，我會覺得自然界中能量不停的循環轉換這一件事情是常態，游牧可能反而是比較健康的生活方式，或者是對生態環境友善的一種生活方式。當近代國家體制、市場經濟進來，土地開始產生價值，人口也越來越多，在某個程度上叫做健康的這種生活方式，在現在其實越來越難被維持。定居這件事情開始被當成正統，游牧被當成異端，變成是一個必須要被排除跟矯正的對象。當定居被當成正統後，現在又有越來越多的人認為要把游牧這種生活方式找進來，建構成一個更為純真的生活方式，可是馬上又會滋生出沒辦

吸引不同世代的人持續遷徙的內部流變，或許是當代游牧聚落的特質。

法控制的東西，比如剛剛講的華山的例子。

我認為現代人高度依賴基礎設施，是「聚落」生活能不能維續的關鍵，但對真正的游牧而言，這種依賴卻是種矛盾的悖反。比如說你在一塊地蓋房子，如果沒有水、電、基本的管線，就很難維持聚落的運作，但是也不是要刻意浪漫化游牧這件事情。現在很多游牧聚落的背後多少帶有烏托邦的想法，有點還在相信人類必須存有理想，相信共同的生活價值，所以可以聚合在一起，如果沒有這樣的想法，我不知道他們可以撐多久。

正好最近OURs都市改革組織在談Cohousing，背後有個自治的狀態，就是不要物業管理，要自己管自己，所以會有很民主的決策過程。但是，這個自治體要多大？它大到哪一個程度你會覺得太大了？你很難在一個一千人的社區還維持完全Bottom-up（由下而上）的集體決策方式。以前在寶藏巖和蟾蜍山，大概都還可以用這種方式，但像社子島就很麻煩，一萬多人的地方要怎麼決策？所以會有尺度的概念。我覺得時間是另外一個重點，多久之後，這群人開始會產生衝突？那個衝突不一定是不能解決的，就像任何家庭都一定會有內部衝突一樣。但這種非血緣、非原生家庭的相處狀態，我個人認為還滿脆弱的。最原來的人有沒有最大的聲量去決定一切？不見得。後面的人跟原來的人的協商狀態，其實還滿複雜的。

原來那一群人，要怎麼維持50年？沒有這種事，我去國外看那幾個案例原本的佔居戶都剩下幾戶，外面的人覺得很棒想進去，所以整個聚落還在流動的動態。那什麼叫做authenticity（原真）？其實這種吸引不同世代的人持續遷徙的內部流變，或許是當代游牧聚落的特質，聚落不動，人移動。流動就是它的原真。

一塊緩衝之地，
溫柔接納
每位移居者

游牧聚落——南澳一條街

文字—李盈瑩　攝影—陳又維
圖片提供—陳米莫、小猴子、東台灣食通信

鐵道旁，火車轟隆轟隆駛過，成一字型排列的街屋安住了幾位年輕人的夢想與實踐：農耕、木作、影像、創業，或僅是單純想定居南澳，感受此地的大山大海。平日他們共食，一起工作接案，相約散步與旅行，類家人的陪伴，共同開創生活的各種可能。

阿江&世花

·**移居年份**：阿江2009年，世花2012年
·**移居原因**：兩人原先在新竹工作，為一圓阿江的田園夢，攜手回到世花位於南澳的家鄉投入耕作。
·**維生方式**：早期創辦「南澳自然田」，目前在南澳過退休生活。

過往「南澳自然田」興辦打工換宿的日子，來自各地的年輕人在此匯聚，生活忙碌熱鬧卻相當耗費精力。隨著年紀增長，阿江於2019年結束自然田的打工換宿，讓生活緩步沉澱，近年來，阿江的農場已改種咖啡、薑黃、苦茶、辣木等相對較不需密集看顧的長期作物，並將原先居住在中部的高齡母親接到南澳以便就近照料；世花則延續過往在新竹從事教師的工作經驗，於樂齡學習中心帶領地方長者進行體適能，與社會保持連結的同時，也替自己的老年儲蓄健康。

鴻文&米莫

·**移居年份**：鴻文2013年，米莫2015年
·**移居原因**：兩人在「南澳自然田」打工換宿時認識，鴻文為了留在南澳生活，於當地謀職，並邀請當時在北部工作的米莫來此定居。
·**維生方式**：鴻文於火力發電廠上班。米莫先後在建華冰店、好糧食堂打工，也曾當過代課老師，目前經營「南澳三號月台」、「十號空間」及「南澳小屋微住空間」。

沉穩內斂、對動物有無限溫柔的鴻文，因喜愛南澳的寧靜自然而從南部家鄉移居來此，與鴻文有些互補、熱情好動的米莫，則十分享受聚落裡充滿互助與歡快氣氛的日常生活。關於未來、關於聚落，兩人其實沒想著一定要做什麼，或許夥伴鄰里有什麼需求就轉變成適合的樣子，可能是農產加工、出貨包裝或聚會所，總之就是讓想來南澳的人有機會留下來，讓生活於此的人有社群相互支持，讓離開的人有個類似家的地方能回來。

蔡山&萊拉

- **移居年份**：2016年
- **移居原因**：萊拉原居台北，與蔡山結識後，攜手回到蔡山的家鄉生活。
- **維生方式**：兩人共同經營「山小日子」木作教學頻道。萊拉另以編書、田調、展覽、行銷等接案項目作為收入來源，至於《東台灣食通信》較偏向理想線。

蔡山是阿江與世花的兒子，過去時而在外探索流浪，時而斷斷續續往來南澳，回到家鄉生活隨處都能遇到熟悉的親友，且在鄉下撿拾木材較都市容易，所承租的院落亦有足夠空間施作木工及拍攝影片。對植物、芳療、身心靈多有著墨的萊拉，在此感受到土地帶給她的滋養，計畫於明年成立身心靈療癒品牌，蔡山則希望運用過往在自然建築領域所學，在南澳家鄉蓋一間小屋。

王筑&建霆

- **移居年份**：2019年
- **移居原因**：王筑曾在「南澳自然田」打工換宿進而移居，建霆則是在認識王筑後，為愛相隨。
- **維生方式**：王筑除了經營「溜溜漫畫店」，偶爾還會接插畫與陳列相關工作，也與建霆一同協助「山小日子」的幕後拍攝。

王筑原居台北，於茉莉二手書店工作，偶然契機看到南澳的租屋釋出，由於對此地有熟悉感，另一方面也希望實踐「在偏鄉開一間自己喜歡的店」的夢想，承租屋齡80年的老屋，裝載著喜愛的一切事物，包括貓咪、長年從跳蚤市場及路邊拾荒所典藏的老傢俱，以及過往在二手書店工作收藏的漫畫。

兩人喜歡騎車穿越廣袤的田野，也喜歡南澳離海邊很近的特點。然而貼近土地生活的反面是，家貓生病看醫生都得跑到宜蘭或羅東，且外食選擇少，加上宜蘭多雨，或許未來會想移居到更晴朗的地方。

小猴子

- **移居年份**：2011年
- **移居原因**：來「南澳自然田」學習農耕後，留下來工作生活。
- **維生方式**：2016年結束在自然田的打工換宿與自學計畫後，曾自己耕田賣米，也曾到水泥廠上班，目前為火力發電廠的員工。

從小就覺得學校生活像監獄的小猴子，在課堂上完全坐不住，國中念一學期即轉為自學，透過學長蔡山介紹，13歲來到「南澳自然田」學習農耕，並以此為自學計畫。小猴子覺得現代社會缺乏實務經驗，只講求結果而遺忘過程，在南澳務農的經驗，讓自己能夠腳踏實地、身體力行去實踐事物的過程。關於聚落生活，他觀察，或許因為夥伴都是離鄉背井的出外人，自然而然形成一種默契，彼此貢獻自己的技能互相幫忙，這在都市地區是很少見的。

游牧聚落——南澳一條街

早在「地方創生」一詞還未形成顯學的年代，陳昌江（阿江）便與太太蔡世花回鄉，來到南澳實踐田園夢。2009年試種一年，隔年成立「南澳自然田」，透過打工換宿的模式，全盛時期每年吸引約四千位對友善農業感興趣的青年來此，一時間這座位於蘇花公路的寧靜小鎮變得熱鬧活絡，滿富青春朝氣。

初代的地方創生元老——南澳自然田

當時阿江興辦「背包客講堂」，除了傳遞農耕知識，也提供給充滿精彩故事而流浪於此的夥伴上台分享，豐富彼此視野。對照宜蘭另一角落，幾乎是同一時期，於員山深溝由賴青松及來自台大城鄉所的知識份子所掀起的農藝復興浪潮，阿江自詡「南澳自然田」更像是一群從泥地裡長出來的草莽英雄。

阿江指著偌大的廚房回憶：「以前每逢用餐時段，這裡就擠滿了來打工換宿的夥伴，不只台灣人，世界各地都有，來自香港的志工就教做一夜干、新加坡來的就料理肉骨茶，宛如聯合國。且除了輪流煮飯，白天從田裡採回來的洛神也在此加工，許許多多的故事都在廚房發生。」

或許因為白天一起下田插秧，晚上共煮共食、交流文化，閒暇之時還會到河堤吹風、到沙灘看

左　喜好木作的蔡山，將後院打造成木工和拍攝影片的工作室。
右　療癒的植栽時間，有彼此的陪伴。

星空，不少志工在此相戀，阿江夫婦就這樣間接促成多對佳偶，有的曾在南澳短居，有的回到自己的家鄉務農、成家生子，被米莫笑稱是「自然田紅娘」，由此萌芽的種籽在台灣這座島上遍地開花。

因租屋不易，而間接形成的街廓

有趣的是，米莫與男友黃鴻文也是在自然田相識的其中一對。鴻文原先在西部工作，由於不喜歡職場文化，首次來到南澳就深深愛上這裡的環境，旋即辭去工作前來打工換宿。只是，性格務實的他深知務農難以維生，為了留在南澳生活，先後在水泥廠與電廠工作。

廠房所提供的宿舍有諸多規定，起初鴻文另外在朝陽社區租房，方便飼養愛犬阿寶，也讓當時還未移居來南澳的女友米莫能於假日前來入住。然而，老舊社區或多或少都較保守排外，米莫描述：「鴻文一個大男生每日上下班，每天都有成排阿嬤盯著他，他的性格內斂，不諳與長輩話家常，時間久了，在彼此未建立良好關係的前提下，當周遭環境出現狗屎、夜裡傳來犬吠，在地人一口咬定是阿寶幹的好事，鴻文跳到黃河也洗不清。」

當時，阿江的「南澳自然田」以車站旁的舊宿舍空間作為據點

一條街的牆面上還留著「南澳自然田」的壁畫。

已多年，整排帶狀的宿舍街上正巧有空間釋出，米莫與鴻文終於順利承租到住所，由於這裡與在地聚落有段距離，足以避免各種誤解及在地衝突，居住的問題總算穩定下來。而除了鴻文的情況，許多想移住南澳的年輕人，也常因偏鄉沒有簽租屋契約的習慣，不時面臨迫遷，或因外型較為頹廢嬉皮，難以被房東賦予信任，幾番經歷下來，目前留在被戲稱為「南澳一條街」的移居住戶，彷彿都是在南澳歷經了幾輪的淘汰賽後，所篩選下來的意志堅定者。

左　一戶兩道菜，就是放鬆相聚的共餐時刻。
右　距離一條街幾分鐘車程，溜溜漫畫店溫暖的燈光，照亮老屋。

在鄉野生活，活著就是一種交換

目前住在南澳一條街的「街友」，除了早期的阿江夫婦，而後的米莫與鴻文，接著是2016年返鄉的蔡山與萊拉，以及入住十號空間的小猴子、王筑與建霆。萊拉猶記得最初遷入時，由於老舊屋舍連大門都沒有，家當

左　一條街各戶的後門，是彼此相互串門子的捷徑。
右　阿江說著曾經作為背包客講堂的房間，如今成為寧靜的住家空間。

一夕之間被竊空，心灰意冷之際，住在隔壁的鴻文遞來一碗熱騰騰的雞湯安撫自己，而她與蔡山在整修屋舍時，也是從鴻文與米莫的住屋處暫時拉電過來，種種經歷讓她體認到：「過往在城市生活是孤立斷鏈的，人人從事極端分工的專業領域，你看不見事物的來由與去向，對於世界的理解常有斷裂之感。來到鄉下生活後，才明白人類是無法只靠自己存活的，只要活著就需要彼此支持，是關係鏈裡的一份子。」

這份交換也體現在鄉村斜槓的維生方式，在鄉野時常不是有錢就能僱到人，彼此之間的合作更貼近於互助，無論拍片需要的人手、店家工讀生因家人突然病倒以至無法上班，或學校老師的孩子生病，緊急需要代課老師，各種情況都需要救火隊前來幫忙。包括南澳一條街的共食文化亦是如此，當外食價格高、選擇少，每戶出兩道菜就能成就滿桌豐盛的菜餚，還能交流情感。

萊拉也觀察到，平房的建築形式本身就具有平面的開放性與延

展性，南澳一條街每戶都有前後門，左鄰右舍往來穿梭，很容易串門子。對照社子島曾有聚落從平房改建為一般公寓，居民原先熱絡的關係就此褪卻下來，明明是同一群人，卻在居住形式改變後，關係也隨之改變，之間的關聯值得玩味。

移居中繼站，接住每位過客友人

米莫與鴻文是「南澳自然田」前期的打工換宿者，在此定居後，後期來到自然田的換宿者常主動找他們交流互動，大家會一起到米莫所承租的田裡耕作，採收花生回到屋裡共同加工成花生醬，也會一起做許多有趣的事。

她希望自己有能力提供空間上的餘裕，讓想留下來的朋友有落腳之處，才心生將自家空間開放為「南澳三號月台」背包客棧的想法，並另外承租十號空間，對米莫而言，南澳一條街存在的意義，正是一個為所有來者提供包容、接納與各種可能性的場域。

右　走近三號月台大門口，就會聽見阿寶的汪汪叫聲。
左上　米莫和鴻文的客廳，也是三號月台不定期開放的閱讀空間。
左下　山小日子團隊在萊拉、蔡山家的工作會議時間。

一起協作共生，一起匯聚生活

東台灣食通信

蔡山與萊拉回到南澳之初，先花一年的時間行腳東台灣，拜訪宜花東近百位素人，累積豐富的產地食材資料庫。隔年萊拉創辦《東台灣食通信》，主責內容企劃，蔡山則自學拍片，陸續推出放山雞、椴木香菇、野菜大復興等特輯，每期結合附帶食材，以刊物、海報或影片等形式推出。

由於創刊前期參與水保局「青年回留農村創新計畫」，在生產內容之餘還有繁複的核銷庶務，米莫於此時以打工形式協助食通信的行政與連繫作業，王筑亦會協助採訪與平面拍攝。

山小日子

蔡山拍影片的技能始於《東台灣食通信》，隨著拍攝技術日趨成熟，三年後創辦YouTube頻道「山小日子」，題材以老屋改造、木工、農耕等「青年返鄉所需的技能」為設定主軸。

早期申請水保局計畫，蔡山主責幕前拍片，萊拉負責幕後的行政與公部門往來，計畫結束後則與贊助廠商合作，由於工作量增加，蔡山聘請王筑與建霆協助拍攝與剪輯事務，萊拉則協助制定整體市場走向。依據不同的業配廠商與宣傳條件，大夥聚在一起討論大綱、腳本、台詞，成為他們的拍片日常。

日常旅行

午後，南澳一條街的街友們相約到南澳溪出海口的河堤散步，涼風輕拂，有人遛狗、有人閒聊、有人啃雞排，共享屬於南澳的大山大海。前陣子他們遠赴恆春旅行，探訪曾經也在南澳短居，而後移居恆春半島的前街友，每年春季或年末的小旅行，彷彿成為一種習慣及默契。時光回溯至疫情前，大夥幾乎每日共食，蔡山一會搬出烤肉網架，宣布現在是烤肉祭，時序漸涼，再端出鍋爐切換為火鍋祭，飯後延伸幾場桌遊、打幾場電動或看場電影亦是日常。

有時女生們會依據不同時節聚在一起研究食品加工，如早年農家婦女那般，一面手作一面閒話家常，今年夏季米莫、萊拉與王筑就相約製作了豆腐乳。此外，對於水晶礦石、花精、阿育吠陀療法等身心靈領域深感興趣的萊拉與王筑，日前還在南澳找到了一條清澈小溪，她們將常用的水晶浸泡於活水中進行淨化，大地以各種姿態承接並包容居住於此的人們，而身旁志趣相投的友人，則是彼此人生某一階段裡重要的支持系統。

生活需要很努力，才能達到內心想要的樣貌

文字—董聖愛　圖片提供—董聖愛、溫立臣

Q 請簡單說明過往的移住經歷和搬遷原因。

我在桃園中壢出生長大，一直到出社會工作都未曾離開過。2016年，長久以來的信仰和家庭關係產生巨大的變化和破裂，我決心離開，想去到陌生的世界，完全歸零，重新開始生活。

怕冷的我，一直想住在溫暖的南國，因此這次逃跑計畫以最南端的恆春為目的地。26歲，一次真正的離家出走。那個像極了電影場景的夜晚，朋友開廂型車載著我和滿滿的行李，徹夜南下。我只留下一封信，告訴家人我想重新開始自己的人生，一個不被控制的人生。

下來恆春之後，一切重新來過，從未真正離家生活的我，也因為這樣的移居，從原先的社福教育工作，跨入全新的旅宿業。花了近一年時間，才和家人重新聯絡，和自己漸漸和好。

和先生的相遇，也是在恆春工

作的時候。當時的男友（現在的先生）因為興趣而轉行餐飲業，一切從零開始的他，面對忙碌的節奏和超長工時，手部皮膚也因清潔用品導致過敏，重重壓力讓他身心俱疲，決定離開恆春前往宜蘭南澳他哥哥那邊。

當時我卻剛好遇到升遷機會，聽到他已經想好要離開的決定時，內心非常掙扎。幾經思考後，我放下一切，跟他去南澳（真的是因為愛，所以願意吧）。

2018年，移居到南澳第一年，印象中很多痛苦的時刻。氣候潮濕，生活環境不適應，身體時常不舒服也因為蚊蟲而導致過敏。我完全沒有認識在地的朋友，常覺得很孤單或是情緒低落，甚至和男友關係瀕臨危機。

在我們最脆弱不堪的時候，哥哥和後來認識的朋友們給予我們很多支持和陪伴。後來因緣際會去到蘇澳一個教會，牧師和教友們也支援我們面對生活適應和感情關係的大小問題。然後，我們竟然就在移居到南澳的那一年結婚了！

之後因為工作關係，2020年我們決定再次搬家前往蘇澳（距離南澳近30分鐘車程）。搬去蘇澳之後，生活圈再度改變，原本很慶幸買到價格合理的老房子，終於擁有自己的家，卻因為蘇澳的多雨遠勝過南澳，以及回到社福機構長時間忙於工作，影響生活品質和身心狀況，我的身心靈又逐漸開始變化……

左　從恆春搬到南澳的第一天。
右　南澳小屋家門前面。

游牧悄悄話1

Q 決定搬到現在居住地的原因，和心路歷程。

2021年正值三級警戒，好多人因疫情離世，人們的生活型態也大幅改變。於是我開始思考，如果我的人生就這麼結束了，我會不會有遺憾呢？有什麼事情是我想嘗試卻從未去做的呢？

我想試著創業，因為喜歡寫字，約莫在2021年底成立自己的手寫字品牌！我離開原本的工作，讓家中多餘房間成為生活分享空間（即「海島生活」），找了份餐廳打工來維持創業初期的收入，也適度地接觸人群，讓自己對世界保有新鮮度。

同時，也認真和先生討論搬回恆春這件事。因為已經知道自己不要什麼，所以也更清楚知道自己想要什麼！喜歡陽光，喜歡大海，喜歡更多自我相處的時刻。我發現自己適合創業加兼職的工作模式，時間彈性，工作內容多元，可以真正做自己喜歡的事。

這次的離別和移居，我學習和家人朋友們好好說再見，不再像當初離開桃園那樣不告而別。於是我們將蘇澳的房子賣掉，在2022年9月正式移居回恆春生活，繼續手寫字工作和經營旅宿。

Q 認為移住經驗中，最重要的收穫和改變。

我覺得最重要的，是要先評估清楚自己的需求，和確認是真正想要長期生活的地方；最後，要足夠相信自己，一旦做了決定，就要義無反顧地向前，不要後悔自己的選擇。

這一連串的移住旅程，覺得自己變得更勇敢堅強，心思成熟許多，也

左：曾在蘇澳的餐廳展出文字作品。
右：2016年在恆春幫忙手寫字之後，開啟寫字的自信和興趣。

更能夠獨立做決定。以前住家裡，太多大小事都是家人承擔，當搬出去甚至移居到別的城市，才理解到生活需要很努力才能達到內心真正想要的樣貌。也認知到很多時候會有意料之外的事情發生，要怎麼危機處理，也是很重要的練習。

Q 認為移動和生活間，最理想的關係。

移居是為了生活，不像旅遊只有短時間的居住，所以我想最理想的關係應該是：想要移居的這個地方，已經初步熟悉並了解整個環境和狀態，然後也評估過自己生活最需要的是什麼，這個地方是否符合你的條件？確認清楚之後，再移動會更有把握。

現在我和先生最重要的目標就是「好好生活」。希望生活中不是只有工作，好好享受生命中許多重要的時刻！

再度搬回到恆春的新版海島生活

+PLUS

如果時光可以重來，希望能改變什麼……

時光不必重來。

我很喜歡現在的我。

記得以前年輕的時候，都會希望自己到很老很老的時候，可以成為受人尊敬的智者，看透生命的各樣事物。過去這段移居的旅程好多酸甜苦辣和歡笑淚水，真的讓我成長許多！如果時光重來，我還是會做一樣的決定，因為這些過程都成為我生命的養份，好像會讓我漸漸邁向生命智者的旅程。（笑）

董聖愛

「海邊寫字」創辦人，和先生共同經營「海島生活」旅宿空間，目前居住在恆春。意識到需要好好善待自己，決定脫離既有環境，因此創立海邊寫字手寫字品牌；因為喜歡大海，身體需要陽光，所以決定在南方生活。

為衝浪而棲，找尋陸上的駐足浪點

游牧聚落——頭城白磚屋

文字—王涵葳　攝影—黃煌智
圖片提供—于永傑、OffshoreLifeStudio 王睿、李小龍

光是聽見「有群深愛衝浪的人，在海邊小鎮的白色屋子共同創建生活」，如此的畫面感，便足以投射許多人對理想生活的想像。只是過日子的難，不因場景轉換而易。對白磚屋的浪人而言，聚落的成形，來自彼此因共同興趣而認識，同有創業的意念開始比鄰而棲，還有在地人與閒置房舍的接納，得以在這片鄉間地景裡，生長出帶有衝浪文化的風格聚落。

于導

- **移居年份**：2007 年
- **移居原因**：房東收回原住屋，為找尋下個有浪可衝的定居點
- **維生方式**：影像導演、匠客福餐廳老闆

熱愛親手製作的樂趣，在金山、竹安都曾親建自己的住所，目前還有台東小屋整理中。自述非白磚屋創辦者、僅是發起想法，而這裡是大家各自動手打造的遊樂場，在互相協助的善意中，好好生活，參透「好玩」是凝聚彼此的核心。珍惜在隨波逐浪的人生中，能有一段白磚屋的共同生活，是生命中的難得經驗。

樂高

- **移居年份**：2015年
- **移居原因**：熱愛浪人的生活方式
- **維生方式**：創立設計工作室Tanned Gal

被于導稱讚筆下繪畫很有原始美感、用色鮮活，持續嘗試創作與商業的平衡。儘管宜蘭少有次文化養分，但白磚屋裡的人情是她黏在這裡的原因。不畫畫時經常出走白磚屋，向外旅行探索。雖然已久未衝浪，但深愛衝浪延伸的生活風格，近期的目標是辦展覽。

李小龍（已遷出）

- **移居年份**：2008年
- **移居原因**：為了衝浪
- **維生方式**：經營板再生

與板再生創辦人「阿頭」學習補板技藝多年後，接手品牌。自此在頭城落地生根，在板再生空間升級的歷程中，曾在白磚屋內進駐一年。即便搬出，聚落內有吃、有喝、有得聊，常吸引他回來坐一下。曾與衝浪品牌Vast合作，將二手板修復後，無償贈與東河、大溪國小社團使用。期望能擴大二手市集規模，發展成衝浪生活風格的嘉年華會。

芳瑜

- **移居年份**：2010年
- **移居原因**：為了衝浪
- **維生方式**：Kakahong咖啡店老闆

搬到頭城前，平日經常從台北通勤、衝早浪再回公司上班，假日會在海邊待個一整天的城市浪人。為衝浪告別過往工作與生活型態，來到白磚屋創立咖啡店，初期受到身旁的人技術與想法的支援照顧。喜歡白磚屋聚落內的人情，也同時覺察自己與人相處的合宜尺度。

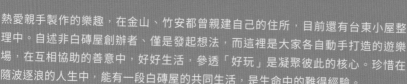

阿崧、Vivian

- **移居年份**：阿崧2015年、Vivian 2018年
- **移居原因**：在近浪人聚集地，推廣衝浪板架品牌
- **維生方式**：創立Old Pipe 衝浪板架工作室

白磚屋中充滿火花的情侶組合，因衝浪認識而相戀，鬥嘴吵架是他們的日常。兩人原先都在台北上班，為衝浪和品牌經營先後移居頭城，開始公私與共的生活。相遇有趣的「人」、體會「真性情」的人際交流，是他們喜歡白磚屋聚落的原因，在聚落的後盾支援下，安心創辦衝浪板架的事業，獨特的浪人生活也讓他們被YAMAHA機車看見，因而有合作機會。未來計畫以頭城為基地，將Old Pipe機車衝浪板架推往國際。

Benson

- **移居年份**：2020年
- **移居原因**：找尋都市以外的生活步調
- **維生方式**：匠客福正職員工、開設Kacedas海邊髮廊

離開台北髮廊的工作後，給自己一趟巴黎窮遊之旅，開啟對生活別於以往的眼界。帶著剪髮專長來到頭城，到于導餐廳吃飯時，因緣際會在此正職工作。與白磚屋聚落相同頻率的夥伴Vivian、樂高互稱好姐妹，有聊不完的話。2020年決定進駐阿眉新整理的空間，成立一人髮廊，持續為自己選擇的生活樣貌努力下去。

阿眉、賀傑

- **移居年份**：2011年
- **移居原因**：喜愛海邊生活，在度假氛圍裡工作
- **維生方式**：比基尼品牌muii seaside 經營者、創辦海製商行

帶有浪人嚮往自由的心，也有創業者嚴謹規畫思慮的阿眉，接手原有白磚屋裡的板
再生工作室，成為一家三口、兩貓與品牌的同住空間。而後夫妻兩人再整理一旁空
地，新建出夏天賣冰淇淋的海製商行，由先生賀傑負責打理。由於營業時間彈性，
也能與阿眉相互協調家務事的調度。對他們而言，白磚屋是營業場所而非生活場
景，曾共同協力二手市集的催生，儘管共事想法不盡一致，如有合作契機仍會共好
推廣。未來將把住所遷出，多留點時間給生活。。

游牧聚落——頭城白磚屋

想到異地生活，找工作往往是最初的挑戰。為衝浪而移居宜蘭頭城的浪人們，例如原本做設計的芳瑜最先是在餐飲業工作、李小龍先成為削板師學徒、有救生員執照的阿眉則在海邊工作、樂高與Benson是在衝浪店打工換宿，也有像是阿崧與Vivian自創品牌投身衝浪產業。

初來乍到的時期像在海面划水等浪，在過活與過生活間，試著抓出平衡。

紅磚祖厝刷上白漆，成新興聚落

這群浪人互相認識的場景不是在海邊，就是在于導家的聚會上。大家暱稱為于導的于永傑，因從事

影像工作認識衝浪，也因彈性工作屬性，他移居海邊多年。15年前，他從金山搬至頭城的原因，有不得已也有緣分隱隱牽引。當親手搭建並居住六年的金山小屋，即將被房東收回之際，他與浪人朋友討論該何去何從。搬回城市早已不在他的規畫中，有浪可衝才是誘因，而烏石港是當時浪人間口耳相傳的新浪點，也成為于導的落腳處。

長年影像工作養成于導對環境的敏銳觀察，當他流連於海邊，也察覺浪人聚集的需求。久居頭城多年後，他創造出別於小鎮飲食習性的餐館「匠客福」，滿足浪人的食慾。然而，機會的生成必然有命運流轉其中，如果前述的每個事件，沒有一個接連著一個，也就不會有

于導和餐館旁的鄰居阿姨，變成忘年之交的機緣。

「匠客福旁邊閒置的紅磚房是阿姨夫家的房子，後來有機會進去，室內很暗、雜物也多，公媽廳也還在裡頭。但我一看，就知道可以變成很棒的空間！」于導過往曾當美術場景，也有自修房子敲打的經驗，更曾在蜜月灣看見早期衝浪聚落裡，不同族群共融相處的景象。這些曾在他生命裡的記憶碎片，隱隱有著「用空間凝聚人」的指向性。

當鄰居阿姨與家人商量出租的可能，同時，于導也同步找尋有創業打算的浪人朋友來當鄰居。平時常在于導家聚會的浪人，各自面臨工作轉換期，思索海邊生活的下一步。這些閒置房舍的釋出，給予想安定停在頭城的人，

右　板再生在白磚屋時期的工作室。
中　阿眉和賀傑將住家和工作室合一。
左　樂高和Vivian常來芳瑜的店裡倒杯水、閒聊。

一處夢想與技能施展的空間。2018年中，同排的三間房子都刷成白色，形成白磚屋的初代樣貌：于導的餐館「匠客福」、芳瑜的咖啡店「kakahong」、樂高的設計工作室「Tanned Gal」、阿崧與Vivian的衝浪板架「Old Pipe」、李小龍的補板工作室「板再生」。由此，頭城有了因衝浪孕育的新聚落。

自己選擇家人、工作與生活態度

「這裡就是第二個家啊！」

「滿像幫派的，大家都互相照顧。」

這是身為白磚屋裡20世代的Benson、Vivian和樂高，不約而同的共感。如家的凝聚力，能在樂高的工作室裡略見一二。每當大家工作累了，就鬆鬆拉個椅子坐下閒聊，還有狗狗們陪伴放鬆，或乾脆躺在一旁沙發睡覺，「這裡好像能治失眠，每個人都會來睡。」樂高說。

有時也兼著人生相談室，聊著最近的苦與樂。而出現在這裡的歡鬧聲，有時還來自大家的各路友人，樂高工作室再變形成交誼廳。白磚屋如實體版社群群組，沒有打字給人的情緒隔閡，呈現這裡的人際連絡網不在雲端，而是真實真情

的面對面交流。

無論是家、是工作夥伴，任何群體的聚合總有自然消長。白磚屋誕生一年後，「板再生」因空間不敷使用，李小龍將工作室遷往五分鐘車距的新址，原有房子由阿眉接手，作為自創比基尼品牌「muii seaside」與住家共享的複合場域；接著「Old Pipe」也因業務量逐漸成長，阿崧、Vivian遷往對街的閒置透天厝，舊有空間由芳瑜整理為植栽的溫室。這時白磚屋聚落已「長」到街道的對面。

阿眉的加入帶來不同的聲音，如聊到未來展望時，多數人直覺回答沒有多想、過一天算一天，典型有浪就衝的浪人生活，而阿眉對工作投入許多長程目標，對於白磚屋

右 樂高工作室的沙發有種魔力，一躺下就不想起身。
左 于導手繪稿，白磚屋各個空間自此有了雛形。

裡的公眾事務，也從事事參與轉為輔助角色。無論在都市的、鄉村的、或是新興的聚落裡，交織的人際關係都如潮汐般有漲有退，隨時都在變動震盪，而在退進之間，激起的關係浪花，有時是平穩、有時洶湧。

內外的人情流動，構築聚落本體

回望白磚屋從誕生到成長，始終保持有機狀態，「這裡就是自己長出來的共同生活，沒有終點，也沒有起點。」于導不刻意定義身處的聚落，但珍惜原生土壤的滋養，「如果沒有這個房東阿姨和她的性格，白磚屋或許不會出現。」對於來到異鄉發展的人來說，能有在地的理解與支持，是不可或缺的祝福。

自地方人情感受暖意，而互相幫忙的情義也在白磚屋裡流轉，於公於私都有數不盡的例子。於私，小至雜務、大至勸架，深入生活的每個面向；而於公，從日常間的專業互換，如幫忙看行銷貼文、試吃

于導常會在鄰居阿姨來巡菜園時，拿餐廳食物和她聊天互動。

新品，既是幫忙也是分享各自的生活。

回到四年前，白磚屋所在的這片區域，是個垃圾車八點駛離後就一片寧靜的社區。白磚屋進入後的日子，有無可避免帶給居民環境的擾動，也有新能量流入。對於這些，于導是有意識的：「我不會說我們是來這邊發展，而是我們來這邊生活。是這個地方收留我們，也包容我們在這裡。」

上　到于導家聚餐，幾乎是來此的浪人曾有過的經驗。
下　一年一度的市集，吸引浪人來選購二手板。

聚落生活的共同交集

共養狗狗

動物友善的標誌是進入白磚屋每個單位，共同可見的識別，成員們都是愛狗人士，在社群裡，大家也會不定時分享領養資訊。共同生活在白磚屋的重要成員，不能不提到四隻花色皆異的狗狗：咖啡色的Coffee是Old Pipe監督犬、黑白相間的Wave是Benson的狗，被公認最屁的阿黃，是于導去台東整理房子時，巧遇的親人土狗，為了決定養他，還曾經帶著TOMO去面試。黃金獵犬TOMO看起來呆萌，今年已過十歲大壽。

有時李小龍也會帶他養的Bagel來白磚屋。他們和人一樣，最常窩在樂高的工作室，食物充足還有舒服可廢的沙發，隔壁的芳瑜也會出爐香香的寵物餅乾。如要說誰是哪隻狗的主人，不如說是大家共養的，就像于導隨口說，阿黃昨天應該在Old Pipe吧！

綠手指圈圈

芳瑜和李小龍的聊天中，幾句脫離不了聊植物，比起互報浪況，植物的近況更常在他們的對話中出現，「這個可以分出來敷了」、「你春天要換盆的時候，順便分給我幾株」，邊說他們邊走進白磚屋的溫室，看看植物們入冬的生長情形。

如何從黑手指晉級綠手指？在家、在店門都種滿植物的李小龍笑說，「買多就熟悉」。白磚屋門前的雞蛋花，正是芳瑜和他驅車到桃園大溪載回來的，季節來了開滿白花。如今，也開了兩三回，植物的綠意代替大海的療癒，陪伴無法到海邊乘浪的工作時光。最棒的是，如要遠行工作或追浪，訊息一聲互相照顧，不用掛念植物枯萎生病。

年度二手市集

若說白磚屋是聚合大家的容器，那麼年度舉行的二手市集就像張集體創作的畫布，結合大家各自專長，畫出一幅好玩的慶典。籌辦市集的工作分配採默契認領，例如主視覺就交給善繪畫的樂高負責設計；懂行銷的Vivian處理社群宣傳；李小龍負責招募二手浪板，並在市集現場販售和講解。剛結束的第六回二手市集，由小水母（《浪人誌》創辦人）擔任統籌，周遭的頭城浪人也都會一起支援人力。

辦市集的想法，是于導提出「把常來白磚屋、衝浪經驗比較豐富的浪人找來，講解每塊板子的特性」。每個人都曾是衝浪入門者，都有對選擇合適板身充滿疑惑的時刻，透過聚會媒合初學者與合適的二手板身，降低投入興趣的成本，是市集歡樂好玩之餘的隱性美意。第一屆辦完後廣受迴響，有人回饋「每年至少要辦兩次才夠」。

冬休夏歇的轉運棲地

對於頭城的地理優勢，白磚屋成員紛紛表達「這裡離城市很近」、「去東部也不遠」的共感。開車往來台北補給所需，距離適宜。頭城擁有臨海近山的地利之便，當夏天不去海邊時，他們也會相約到溪邊，玩水避暑；冬日濕冷，如有長一點的休假安排，大家也會到台東追好浪、去南部曬太陽。白磚屋是個基地，有著各自到他方充電都合宜的尺度，作為原生家鄉到理想生活間的轉運站。

在移住生活的餘裕中，接住他人與自己

文字、圖片提供｜劉光容

Q 請簡單說明過往的移住經歷和搬遷原因。

我老家在新北新店安坑山上，是交通很耗時的地方。出社會第一份工作，每天往返台北市區至少兩個半小時，工作上的挫折加上通勤的疲憊，回到家累積很多情緒，時常和家人吵架。

2015年，因為親愛的家人逝世，我開始四處旅行。來到花蓮時，被東部的寬廣和人們的自在吸引，讓我想要在此生活。當時經由朋友介紹，迅速找到戶外體驗教育工作，開始定居花蓮。中間陸續換了幾個工作，試過不同種生活方式，曾經當過小學代課老師、戶外教育引導員、家教、書店店員、社區課輔老師、採訪寫稿、自營烘焙、登山嚮導、體驗教育引導員……等等，到今年（2022年）搬回台北。

Q 決定搬到現在居住地的原因，和心路歷程。

在花蓮生活近六年，其中經歷疫情，2022年想花更多時間陪伴家人，因而搬回台北。我喜歡在花蓮，生活與自然貼近，安逸且充

滿彈性的生活步調，雖然過著理想中的生活，但因接案量不穩定，收入挺浮動的，偶爾還是會感到挫折。

離開花蓮前，很捨不得這段20多歲認識的朋友和熟悉感。面對變動的未來，我花了一些時間道別，從花蓮順時針把機車騎回台北，向熟悉的地方說再見，也拜訪了許多給予幫助的朋友。

Q 認為移住經驗中，最重要的收穫和改變。

我覺得電影《寄生上流》中，「有錢我也可以善良」這句話講得太深刻了，但我認為「錢」應該要替換成「餘裕」。無論是有錢、有閒、有精神，都可以是一種生活中的餘裕。在台北，緊張焦慮的節奏，開銷甚多，對剛出社會的年輕人來說，談論「餘裕」何其奢侈。

剛到花蓮，轉換工作跑道時，常需要加倍努力才能跟上前輩們談論的話題。但在相較緩慢的生活步調，以及稍低的生活費，讓我稍有餘裕可以喘息。這份餘裕，在生活中時常出現：因為人少，競爭壓力稍小，時間空間都顯得寬闊，生活不用圍繞著某些事情瘋狂打轉，日子中有些留白，人就有機會鬆下來。在這其中開始重視自己內在情緒，有餘裕照顧自己。

餘裕還存在於，下班後有閒，可以享受自然，學習好好待人，甚至自己租的套房有空間可以接納朋友來家裡短住。可以用幾種工作拼湊出生活費，在彈性工時中創造自己認同的價值。也發現除了照顧自己，在心理上、空間中有餘裕能夠接住朋友。我也開始養貓，練習做菜，自學烘焙，學習爬山，研究動物權，嘗試寫稿，好好經營生活，有能力顧及到自己之外的生命，感覺到自己是有能力，也更有自信。

在經過花蓮的滋潤後，我逐漸相信自己有能力在都市生活，也的確，回到都市面對許多過往卡關的事件時，能夠更有韌性的面對。過去面對緊繃的工作，往往先壓抑自己的情緒和需求，轉往家人朋友身上爆發，波及無辜的人。回台北後，曾經有一個月連續加班，中間穿插接案工作，還加上家人確診的擔憂，這次有意識地覺察情緒，主動向同事、朋友坦承脆弱，讓他們可以協助我，順利地通過這些壓力。這次成功的經驗讓我肯定自己，在花蓮這段日子學習的餘裕，能覺察和坦承情緒，也謝謝過往所有教會我的功課。

因為小廚房計畫，有了花蓮的家人們。

+PLUS

如果時光可以重來，希望能改變什麼……

在整理好自己的狀態後，要參與地方社團！無論是參與政治，或是社區大學、志工、有興趣的課程，接觸不同的人，對這片土地有深刻的認識，在各種價值觀碰撞後，才能深刻認識自己，也為期待的世界投注更多心力。

劉光容
家有二喵，嚮往自然生活的女子。希望在生活中傳遞善念，感染更多人，希望世上人們都感受到能愛與被愛。喜歡烘焙，使用動物福利食材，希望做出療癒食物的同時也不壓迫其他生命。

開始學烘焙，和大家共煮共食，學會好好經營生活。

Q 認為移住生活的困難處，和最理想的狀態。

我覺得移住生活最困難的，是一開始沒有自己的社交圈時，遇到挫折會很孤單。好險，在花蓮有一群好朋友，可以互相承接彼此的狀態。這種知道自己會被接住，安心的感受支持我度過許多難關，也知道，當自己有能力時，可以接住別人，讓這樣的善意流通下去。

剛到花蓮的前兩年，利用下班時間做了「小廚房計畫」：每兩週的週一，下班後邀請朋友來家裡，用共煮共食的方式，搭配討論時事或手作活動，增加與朋友相處的時間，也認識新朋友。當生活有餘裕時，可以負擔有廚房、客廳的租屋處，下班後仍有精神上的餘裕可以社交，朋友之間的互動，也讓我有更多能量面對明日的困難。

我認為最理想的移居生活，是在還不確定自己是什麼樣子、對人生還沒有衝勁時，找到一個能夠被滋養的地方，長成一個有底氣，有自信的人，再繼續傳遞下去，讓善意流動。

曾經自己騎車環島，因而有了搬到花蓮的念頭。

文字—王巧惠　攝影—李忠勳、李緩緩
圖片提供—高耀威

從喜歡一個地方，到真正在一個地方生活，中間有多少需要跨越的坎站（khám-tsām）？以「書粥」書店作為透視地方的觀景窗，高耀威看見外地人移居長濱的難處，以「淺居」做為緩衝提案，打造「長所」及「麵包宿」，藉由這些空間承載人的流動，慢慢與地方共伴出相合的頻率。

留下來一起生活，
成為遊客以上的
存在

高耀威

- **移居年份**：2019年2月
- **移居原因**：開設獨立書店「書粥」
- **維生方式**：撰稿、演講等文化零工

原本在台南正興街經營服飾店，串連店家形成「正興幫」，展開精彩的街區行動。2019年高耀威在長濱開設獨立書店「書粥」，開始台南、長濱的兩地生活，目前重心漸漸移往長濱。

書粥以顧店換宿吸引許多有意駐留長濱的人們，開啟不同於民宿小幫手的換宿模式。由於本身和店長都不支薪，無人事成本所創造的盈餘，就用在書店營運與出版、「長所」與「麵包宿」的維護，以及造船基地等地方事務。書粥收入與個人收入分開，高耀威以撰稿、演講為業，有時也身兼「人事部主管」為幾位朋友代管人力，換得有吃有玩的長濱生活。

除了書店本身的經營，書粥的出版計畫已安排到2025年。近期高耀威忙於參與船團的活動，也持續和空間相遇，希望在長濱有更多元的住宿型態。

嶺葵

- **移居年份**：2022年9月
- **移居原因**：旅行途經長濱街上，生出一股既視感召喚她回返
- **維生方式**：擔任TAMORAK共學園幼兒部實習教師

自穩定的生活步調逸出，嶺葵從萬華來到長濱，暫住在長所。經由耀威的轉介，現在她每週一到週三在TAMORAK共學園幼兒部擔任實習教師，也租到之後的住處。嶺葵平時會幫居民除草、上山幫農或到餐廳打工，更多時候，她窩在客廳看漫畫，或獨自散步到無人煙的民居屋頂坐看山嵐。「在這裡的每一天都已經是美夢成真了。」每一天好好吃飯，好好睡覺，可能到處幫忙，可能找更多好玩的事。嶺葵什麼事都想嘗試，不管結果如何，也沒有要去哪裡，只想在長濱好好生活。

金禾

- **移居年份**：2022年1月
- **移居原因**：台南教學空間搬遷期間，在這裡試著獨立生活
- **維生方式**：開設瑜伽與頌缽等身心靈課程

在台南經營瑜伽教室時，凡事有人代為安排，今年以教學空間搬遷為契機，金禾為自己訂下一人一狗獨立生活的長濱一年。

剛到長濱時，他覺得自己就像身處《楚門的世界》，每個人都認識他，可他卻不認識任何人，如今金禾習慣了這樣不加掩飾的人際互動。他經常受邀到各地教學，在長濱也有五個常態瑜珈課程。此外，他熱衷參與地方手作活動，學習泥染、捏陶和捲菸。長濱生活看似平順清淺，然而每天都有新鮮事，他把自己放鬆，迎向各種事情的發生。

給自己定下的長日將盡，金禾明年初會先回歸台南，而後配合長濱學員夏季農忙的作息，未來將是五個月台南、五個月長濱、兩個月尼泊爾的三地居。

阿賢 & 泲彣

- **移居年份**：2021年10月
- **移居原因**：想留在東部生活
- **維生方式**：曾擔任驅猴人兩個月，現在經營萬事屋

2019年阿賢單車環島行經花蓮富里，參與自然建築施作時與泲彣相識。想留在東部生活的兩人，先是在長濱忠勇村和朋友合租，租期到後卻無以為繼。他們載著滿車行囊準備回西部，卻在寧埔村最後一次看海時偶遇鄰長，得到一間廢棄平房的屋主聯繫方式。兩人說服房東簽約，親手整修布置，曾經路過的風景，如今成為自己的家園。

甫結束山上果園驅猴人的工作，最近阿賢利用水電專業，在鄰里閒談間開始了什麼都可以幫忙修理看看的萬事屋，獲得需要的二手家電或新奇蔬果。比起銀貨兩訖的商業思維，萬事屋為他們帶來更多的人際交流。除了繼續經營萬事屋，接下來他們也將跟著秀蘭一起種稻，期待之後能吃到自己種的米。

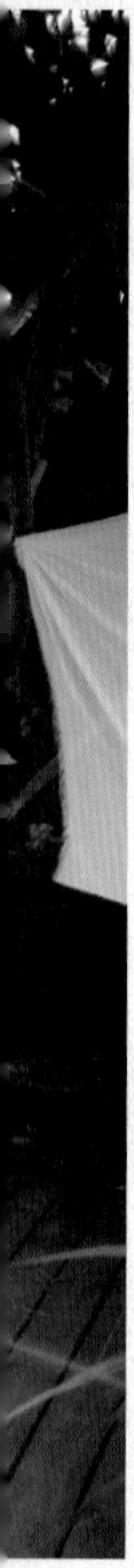

客廳裝滿漫畫，廚房飄出香氣，不時有人拉開長所的大門，或托育孩子，或前來串門，或執起鍋鏟。菜餚一一上桌，食客陸續就坐，散居長濱各個村落的人們，晚餐時間就在餐桌上集合。

生活不在他方，而在一張張餐桌上

「這裡的聚餐會自然把大家連在一起，不管是長所、山上，還是某個人家裡的飯桌，都有凝聚的力量。」嶺葵笑著說，當初偶然看見書粥臉書，她寫信詢問高耀威若要久住長濱有無適宜的工作機會，高耀威提議可以先來淺居，長所也剛好有空房，開始了她在長所三個房間的游牧。

去年2月成立的長所，起因於高耀威的居住需求。隨著待在長濱的時間漸長，書粥有店長在住，又不好一直寄宿朋友家，幾經波折才找到現在的空間。裝修經費有限，就撿拾廢料舊物修葺；租金超出預算，便邀請兩位前店長合夥。三人來來去去，說好離開時不留下個人物品，騰出可以暫居15~20天的房間。人們不再只是來旅行或換宿，有一個可以住上一段日子的房間，有一群可以一起做點什麼的同伴。

「以前沒有想過居住這件事情，我在台南都是和開店者玩在一起，後來發覺房租漲價之後，大家好像沒辦法好好生活，就從開店變成試探這種長住的可能性。」顧店時目睹本該離開的前店長騎車經

左　兩顆樹齡約80歲的麵包樹長在院子裡，陪伴著麵包宿的所有發生。
右　「秀蘭很忙—小白屋咖啡」也是長濱淺居者時常出現的聚集所之一。

過，敘舊時才發現其實很多人想待久一點，長濱可供短住的選項卻有限。因為經營書粥而深入地方，加上整修老屋的豐富經驗，取得屋主信任相對容易，高耀威想打造淺居環境的想法，經由租屋找到具體實踐的機會。

「我可能同時是一個淺居者，也是創造這種模式的遊戲設計者。」位於城子埔的麵包宿是後來主動向他靠近的空間，房東負責屋頂、浴廁等大工程，他找朋友一起裝修內部，將閒置平房改造為有三個房間的住居。其中一間是插畫家林小杯的創作基地，藉其租金補貼裝潢費用，另外兩間則以相當於分攤房租的價格，開放數個月的短租申請。現在開始有人在這棟黃澄澄

的老屋住下，植有麵包樹的庭院裡，有駐村藝術家起舞，有在地人來學習泥染，一點一點刻畫出生活的痕跡。

先落地再展開，長成很有機的樣子

在麵包宿住了半年的金禾，今年7月移往南邊的竹湖落腳。最初

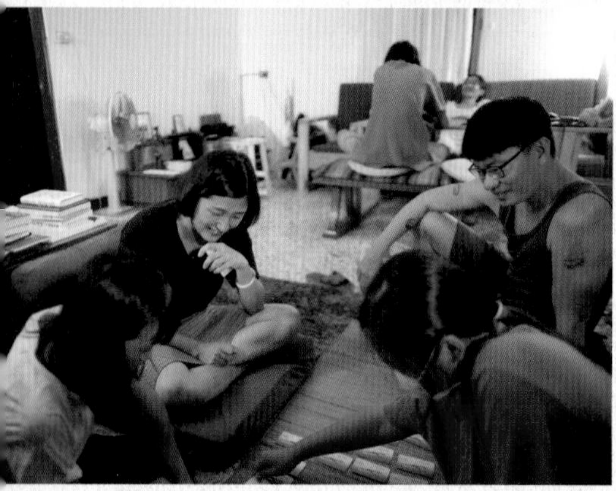

上 長所的餐桌邊，貼滿各種組合圍坐吃飯的照片，與熱鬧的餐桌相映。
下 長所保有開放性，時常有人聚集在此玩桌遊、看漫畫。

阿賢和泋彣的家具幾乎都是撿來或他人贈予，拼貼成他們的居家風景。

只是想在這裡過一段脫離舒適圈的獨立生活，他在蹭飯、買菜的日常中迅速織就新的人際網絡，「在這邊生活不用為了什麼目的去做過多的人際交流，這樣的相處模式比較沒有罣礙心。」

外地人要留在這裡需要機緣，金禾在教學過程中，看見台東適合靜心的質地，從原訂的一年停泊，逐漸產生留下的念想。「邊做邊想」是這些淺居者共通的生活哲學，他們先是身在其中，再一點一點梳理出現在的面貌。高耀威的書粥也是如此，換宿排班剛開始是七天到一個月，為了保留一點自己和書店相處的時間，調整為最多20天；去年起書粥也展開出版計畫，近期將推出早餐店阿姨繪製的純情粥曆，及與在地音樂人合作的繪本專輯，嘗試以不同風格的出版品映現地方視角。

書粥先以換宿為當地導入外來人力，如今有三個場所做為游牧者的聚集地，七個房間建立淺居者的循環系統，可供調度的人力更加充裕。「對於被幫忙的人來說是得到人力，對於來幫忙的人來說是得到體驗，所以這種對價關係就會產生。」

高耀威為想留下的人關注工作機會，也思考如何開創更多適合淺居的空間型態，例如負擔較低的住宿、可供自在休憩的場所。他進一步分享在長濱打造「閒人會館」的點子：「就是一群閒著沒事的人可以在那邊住或是待著，然後他

上　船團從造船開始，學習航海知識，近期也著手另闢造船基地。
下　淺居者時常收到高耀威的邀約，上山協助黑糖阿伯的各種農務。

們就是閒置人力，鄉親如果有什麼需求，就可以到裡面去找人。」延續書粥的經營模式，將房子整理出來，規畫好運作機制，他將自己退居於空間之後，讓空間長成可以自己發展的有機體。

用生活把人圈在一起，成為彼此的支持者

清早被號召上山剝酸筍的阿賢

和浒彣，去年10月在寧埔租了間海邊的平房，開了家佛系經營的萬事屋。「我覺得耀威那些空間滿重要的，好像讓我們在這裡有朋友，也才有辦法真的在這裡好好生活。」去書粥代班，去長所看漫畫，去麵包宿參加活動，是他們在長濱的日常軌跡。在這些空間裡外地人與在地人都能被重新看待，每個人都是新的自己，都有機會創造新的可能性。

身在幅員狹長的長濱，對距離的感知變得不太一樣，人們輕易跨越村境，形成一個又一個的生活圈。有因農務而形成的群組，有定期的喝酒聚會，有人一起修練瑜伽，有人一起學習阿美陶，新近則組織起以造船與航海為目標的船團。這些性質各異的群體，參與者時有重疊，交織出豐富的生活樣貌和人際網絡，這或可溯及長濱本身的特質。

擔任驅猴人期間，阿賢一一畫下所見的植物鳥獸，記錄在臉書專頁「獼猴騎土牛」。

高耀威在走訪當地的過程中發現，60年前十多個部落取得共識，不在自己的部落擺攤，而是聚在長濱街上形成集市，這樣的型態持續到了現在。「所以我覺得大家為什麼會來到這邊，或許長濱就是給人這樣的一個氣氛，多種民族可以在這邊各自找到一個生存的方式。」

長濱的多元性在於有人守護原本的樣貌，有人開創新的事物。當更多人移住長濱，群聚的力量將能撐起彼此的夢想：「無論是學校老師或店家，大家一起加入一件有趣的事情，這些事情就容易被發生。」高耀威將取得的老屋悉心調理，熬煮成粥，擴充空間的使用方式，一張餐桌、一個房間，都是人們留下來的理由。淺居之後的下一步，或許是深耕，或許是繼續游牧，然而這些淺居者從此在世界上多了一群家人，對生活的面貌也有了不一樣的想像。

游牧到長濱，其他入口處

黑糖阿伯

住在竹湖山上的黑糖阿伯，2020年開始在書粥寄賣手工柴燒黑糖，從栽種甘蔗到燃灶炒糖樣樣自己來，阿伯的黑糖因高耀威的宣傳打開知名度，後來也販售南瓜、醃筍等農作物與加工品。除了行銷農產品，高耀威有時會號召人力上山幫工，阿姆則招待大家一桌好料，餐桌上總是擺滿自己種的、自己養的、自己做的食物，以山珍海味滋養眾人的身心。

由於黑糖阿伯家的農務多樣，不僅製糖，採筍、剝筍乾、採水果等都需要人力，密集且週期性的工作，產生常態的換宿需求。高耀威協助阿伯將工寮改造為可供兩人居住的住宿空間，並代為招募換宿人力。每年12月底到隔年2月底是炒黑糖的時節，這段期間許多人有意上山幫工，為了維持人力的穩定供給，並確保住宿空間足夠，每當出現這類需要大量且密集人力的工作，就會統一交由高耀威排班。

農務換宿逐漸步入軌道，藉由第一批人的實際體驗、分享與轉介，帶動下一批換宿者的直接加入。高耀威常常帶朋友上山和阿伯吃飯撨（tshiâu）代誌，有些人會直接留下阿伯的聯絡方式，成為潛在換宿人力。日前阿姆和幫手上台北擺攤，無需高耀威代為張羅，他們就自行聯繫、借住在兩個書粥前店長的家裡。換宿機制一點一點走向獨立運作，人際關係也在此間自然流動，如同阿伯家的餐桌，自給自足且有機。

舞嗨Wohay

位於長濱街上的舞嗨餐廳，去年10月正式開幕，店主巧雲是關注部落傳統文化的返鄉青年，她採集在地食材，開發風味菜單及甜點、飲品，從產地到餐桌端出具阿美族特色的當代飲食體驗。

今年暑假初次面臨觀光人潮，舞嗨急需人手幫忙，商請高耀威代管換宿人力。換宿者的工作內容因各自專擅的事務而有所不同，嶺葵曾協助調飲、清潔等店務，也有換宿者本身是有經驗的餐飲從業人員，便參與廚房動線的調整。餐廳工作不只有外場服務，也需要專業度較高的內場人員，因此尋找人力的過程相對不易，擅長烹飪的家庭主婦意外開拓市場，成為符合舞嗨需求的換宿人力。而在這裡換宿的人們，後來都和店家變成朋友，再次回到這裡串門子。

由於舞嗨本身並無住宿空間，之前的幫手就住在長所，並由店家分攤長所的房租。暑假過後舞嗨暫緩換宿，巧雲的姊姊開始著手整理另一個空間，並參考長所的中短期淺居模式，之後也許將會成為長濱的另一個換宿基地。

秀蘭很忙—小白屋咖啡

「秀蘭很忙」店如其名，秀蘭種自然農法稻米，秀蘭烘豆沖咖啡，秀蘭呼朋引伴到家中聚餐，因為秀蘭實在太忙，之前請高耀威擔任小白屋的人事部主管，代為安排換宿店長，以協助經營咖啡店，換得一個在長濱短住的房間，以及一段被秀蘭餵食的山居歲月。

小白屋的換宿者原本住在秀蘭家，後來在高耀威的建議下，找來台南朋友協助在店內另外打造出一個住宿空間。換宿店長從去年開始排班，今年一度因疫情暫停，而近期擔任店長的褚大哥先前曾來換宿，與秀蘭已建立一定的合作默契。小白屋的換宿模式目前逐漸走向固定店長制，由幾位熟悉的店長輪流前來顧店換宿，以更穩定的人力維持咖啡店的營運。

此外，秀蘭家還有另類的「以吃換宿」模式，總有旅人在路上被她帶回家吃飯，不知不覺便留宿下來。關於更多秀蘭，可參閱高耀威在《地味手帖NO.06》「大笨蛋生活法則」專欄的介紹。

游牧人間，真切地與自己同在

文字、手寫字—阿發
圖片提供—阿發、Soulwhat Yun

「多數的時候，我們應該想像自己非常的強大，思想足夠構出一個宇宙，不，數萬或數億個宇宙，所有的妄想都可以成為現實。往後十年的目標是建造一個廢棄物打造的烏托邦，匯聚兩足及四足的動物，滿懷著愛及包容表演謊言與暴力，書寫外星生物的祖譜和墓誌銘，生活，接下來還是生活；那末，建出了更龐大的有機體後，在那裡，所有的現實都將成為妄想。

這是我的夢。」

2013／12／26 台北

以記憶為纖組成的銀色絲縷，穿梭在過去現在與未來之間，在每個片刻底下轉瞬即逝，一旦純粹的心念抓住了祂，將之編織成形，相應的畫面即會俯衝到你的眼前。

這一念，一晃十年。

此時我獨自坐在古河床低點，

前夜遺留的篝火依舊，火星芒閃爍，天再亮一些的時候，雪白灰燼覆蓋著焚燒殆盡的朽木，各種竹笛、獸皮鼓、二胡、月琴彈奏了整夜，用竹管或水管銜接的digilidu低鳴，這叢火如此聽了幾夜神話，東方雲際漸白，人們散去，一壺普洱放在火的邊上，喜歡清晨散步的人接續著喝。

此刻，正是多年前曾寫下的現在進行式，但此刻更甚於過去夢境。質數的舞者將自由地堆疊及走位，背景舞台是繁花盛開的菜圃與森林，他們舉手投足優雅卻堅定，他們行走，吃舞動路徑上狂野生長的菜，有幾個莽撞奔跑瘋狂走跳，只因土地充滿彈性；顏色鮮豔的身體返還力量給蒼白的那幾個，他們消去語言，凝視彼此，在靜默中認出彼此，也在靜默中成為彼此，直至與萬物消融為一體。

然而此刻回望，這份生命經驗彷彿不是「我」的。

在精神上，他首先是一具對人間充滿困惑，固執敏感情緒易染的人形，人前非常歡樂，但無時不渴求著遠方渺無人煙之境。年輕一點時跌撞懵懂，已經獨自遠行過數個高山湖泊、冰雪凍原，獨行使他能清晰感受到真實且純粹活著的美好，並偶爾窺見夢境和文字能幻化成真，但彼時他還不知人間祕法，間歇性的旅途穿插在柴米油鹽的日常，像興奮劑支撐著生活，但內在精神上依舊困惑彆扭，總覺得這份生命活得並不完整。

心一旦不在相映的路徑之上，潛意識將召喚不知名的風，把你吹向未知。

生命未知旅程的場景開始切換，由甲板上瀕死的鬼頭刀、海平面上的彩虹、鼻瓶海豚逐船、發光海草、各種顏色層次的嘔吐、昏沉中的銀河與巨大流星、鏡像島嶼、遠洋環礁帶海底下的銀色暴風雪，海雲台的赤腳火焰，黑色漁港繩索上流淌的藍眼淚，臨界的海……所構成。祂們逐一以奇異的編碼方式來到跟前，用盡生命可能展現的型態，覆蓋你撕咬妳再重新將祢重塑成型，這具肉身爬入泥濘或幻化成寧靜火焰，乾草蟲獸居住於狂亂的黑髮之中。

而這一切，只為了讓你在虛幻中碰觸真實。

每個人喚你海盜歸來，口吻裡帶著敬佩，但只有你清楚明白，海面與島嶼的旅程質地，盡數是如何讓生命活下，柴米油鹽真實地活，在自然之中真實的活。自此，內在的神才得以教你如何真實地行走、跳舞、飲食，不論外在風景如何改變，不論你旅途到何方，你都能自在——真切地與自己同在。

為了人間，也相應這個生命的成長軌跡，此刻，將十年前在水泥房子中寫下的「妄想」改為「心念」，將「廢棄物」改為「植物」，並將「謊言與暴力」擦除，那是十年旅程後，土地給我的應許與答案。專注凝視每個片刻，珍視即將到來的起心動念，真實的內在風景就會相映在這虛幻的鏡像宇宙之中。

這年，風將我吹向這片宛如夢境的天堂。

「黑鶺鴒叼著尖叫的青蛙，草籽破土發芽，頃刻間黃土披上綠衣，一片大波斯菊海無邊漫開。清晨黑貓夜間巡航，有露水沾著菁芳草圍繞著赤足的體感，有跪坐於土地，仰望曼陀羅花序盛開的數學幾何。

緩慢步行至光速開鑿的隕石坑，行經水澤中的上弦月，野花園的薄霧裡的海棠色、繡球花，邊坡上的鼠尾甜菊，欒樹伴著艾草，萵苣、蘿蔔、韓國紫蘇、打拋葉……各種土地滋養而成的食物散落一地，根牢牢地扎在土地裡。隕石坑的邊上，蘆薈窩在羅漢松腳邊；以人間的度量單位，十年、二十年後，今年種下等身高的小西氏石櫟們，將牽著手包圍這片古河床地，人們也牽著手跳舞圍火，自然的樂音流動環繞，他們在靜默中認出彼此，也在靜默中成為彼此，直至與萬物消融為一體……」

2022／10 屏東柚園·微棲所

往後，不論妳走到多遠，生活，接下來還是好好生活。

游牧悄悄話3

得告訴你
今晚我將跳給鷗鳥或島嶼
火神或夜鷹
野鹿或海浪
黃蝶或絕對的靜默
一道血跡或全然的失誤
一條甜瓜或我們拖上岸的救生艇
嵌入傷口的碎石
或海上的新月
驕傲的寄居蟹或音符
蝸牛爬行體液或青苔
一道山徑或濁酒
桔柚色的日出或凍傷的初雪
成群歡愉的海豚或魚的麟角
山嶺之巔或夜行燈火中的破碎落葉
微小如塵埃或

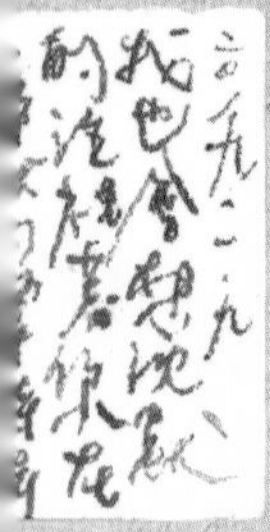

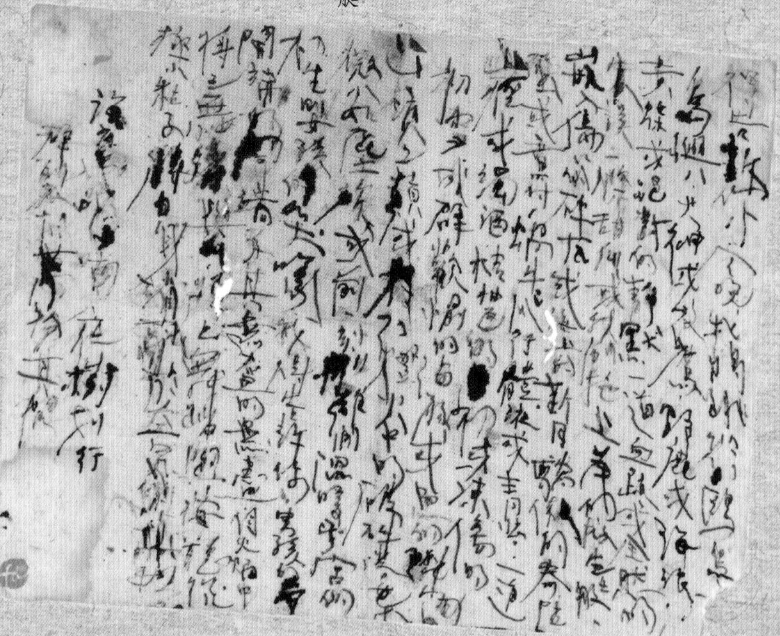

前一刻剛離開溫暖子宮的初生嬰孩的哭嚎
我得告訴你
男孩的夢
開端的開端
及其無盡的無盡
自火焰中
將之舞蹈與山
將之舞蹈於海
聽從極小粒子
將自身消融於空氣與無形
海鷹喃喃
夜樹划行
碎裂於萬物其間

2017/1/1

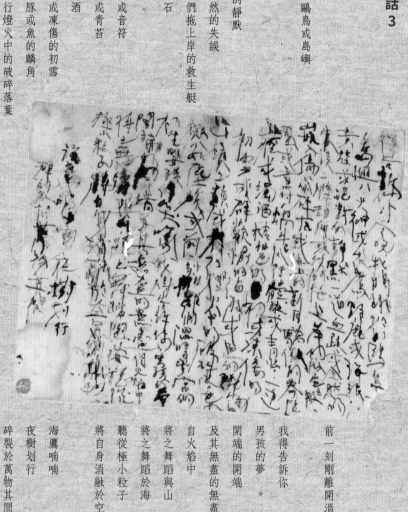

我也會想沉默地注視著你
在靜默地等待時
細雨降落
竹葉紛飛
那火紅的音樂盒子正連同呼吸
緩緩爬升
蟲鳴鳥獸
每天都些許不同
天光 濕度 膝蓋的力矩
心臟跳動
每個字都在滑行
「雪花飄落 片片各得其所」
愛能達成的發光房子
這次終於到達用石頭敲開的那一刻了
我們各自用沿途收集的器物
十個手指也沒空閒的鑿
直到那細縫透出一絲光陰
晃亮亮地在黑暗中指向我們前來的源頭
就像一條漂浮的詩之路徑

2019／1／9

阿發（ Afra Lin ）
自由創作者，寶藏巖藝術村微型聚落駐村六年，第十屆雲門流浪者，太平洋帆船航行一年半載後，與大地重新展開連結方式，於各地音樂祭及即興接觸舞蹈擔任樂手及舞者，持續行旅採集人間動植物的故事，與自然的能量律動學習。

落地生活前的起手式

文字－謝欣珈

圖片提供－大浦plus+、臨山小宿舍、Pao-Lin Chen

是否曾興起「如果能住在這裡一定很棒」的念頭？接續下去思考，第二步、第三步問題就會一一浮現：找房子？找工作？要怎麼生活下去？如果能有個空間、有些人能接住這些問題，陪伴著慢慢找答案，不只心會安定許多，也能更加穩健地踏出第三步、第四步。

馬祖「大浦plus+」和台東「臨山小宿舍」，就以提供打工換宿、換生活的空間及經驗，扮演游牧旅程的起點和啟蒙角色，承接照料許多人的想望，對游牧者和地方本身都是重要的前哨站。

Q.請簡單介紹你們的空間，及各自負責的工作。

翰 大浦是在馬祖東莒島的傳統漁村，曾經走到一個人都不剩，因為保留滿多閩東式傳統屋舍，文資局除了修復建築還補助一些營造的經費，希望更多台灣人願意來看看。大浦plus+從2012年就有換生活的計畫，要求10～15天以上的居留。這兩、三年還邀請不同專長的老師來開課，課程會開放給地方居民，多半是從台灣來換宿的人報名參加。我是2019年正式接下整個計畫，等於是計畫主持人，負責跟政府機關對接，日常接待我會跟強妮輪流負責。

妮 泳翰是計畫主持人，我是

大浦plus+

強妮

中重度馬祖痴迷者，現居馬祖的離島東莒，提供聚落活化的前線服務。於大浦plus+擔任企劃執行與生活事務照料員，熱好觀察與研究記錄小島奇聞軼事，送往迎來一雙雙對小島好奇、渴望探索的眼睛

陳泳翰

於前中年來到馬祖從事社區營造的媒體工作者aka東莒推銷員。與工作夥伴共同經營FB粉專「大浦plus+」、IG「朋來東島」記錄島上大小事，並絞盡腦汁發想各種吸引更多人前進東莒的課程和活動。

臨山小宿舍

黃淳浩

長居台東的諮商心理師，偶爾進行簡單的圖文創作，是臨山小宿舍的一盞明燈。喜歡台東小小的市區和大山大海，容易親近自然的療癒，並在其中感受到生活的深度與意義感。

朱思齊

資歷十年的台東新住民，在台東成家立業、結婚生子，是媽媽也是諮商心理師，在臨山小宿舍擔任兩把刷子。喜歡台東的多元與生命力，希望來台東的人都能留久一點，畢竟一旦踏上土地就會有感覺。

他的快樂小夥伴～泳翰主要負責處理活動大方向的構思和行銷，至於聯絡接洽和活動細節，我們會一起討論。

浩　我跟思齊是東華大學心理學研究所的同學，碩三在台東實習，租了一棟三層樓的透天厝。那時很多人一時衝動來台東旅遊沒有找住宿，我們也感覺在台東生活和旅遊的狀態落差很大，想讓大家有機會感覺台東的生活狀態，就開放空間讓大家住宿，後來人數變多、有點無法負荷才開始收費。

外地人想移居但沒有在地網絡，就可以和我們共同居住一段時間來探索。我們是浮動的狀態，一直實驗定居的人和換宿的人，比例要多少，大家會覺得自在。現在以協助想來長久居住的人為主，只開放很小的比例換宿。我的角色比較像在定位空間的理念和發展，讓一起生活的成員有大方向的認同。我是想的人，思齊是做的人，她還有一個關鍵角色，是幫忙長住小宿舍的人進行團體內部溝通，我是個別確認大家的狀況或需求。

齊 我比較像管理執行，淳浩是發想跟推廣。其實要收費的時候有點抗拒，我比較保守又沒有相關經驗，要去面對完全陌生的對象也不是我擅長的，不像淳浩可以自然而然去分享，所以就由他來面對短暫換宿的人，我做周邊事務。

Q.當初創辦或是進入單位的緣由？

妮 我在大學時期來馬祖打工換宿，人和建築的氛圍都給我親切感跟安全感，所以兩、三年就會回去一趟，維持藕斷絲連的關係。直到泳翰接計畫時想到愛著馬祖的我，他提到工作要處理人的關係和行政事務，我喜歡跟人交流，而且島真的太迷人了，雖然當時的工作也有期待的計畫，可是想到也許不接以後就沒機會，考慮兩個月後還是決定到馬祖生活。

翰 我第一年來就非常喜歡馬祖，覺得這裡跟台灣太不一樣了，有很多新的衝擊和想法，想更理解這個地方。來馬祖前，我在三貂嶺做了一點社區活動，覺得跟社區接觸很好玩，只是一直不得其門而入，剛好那時候馬祖的計畫要找人接手，又跟社區有關，我想實際操作看看社區是怎麼一回事，就來試試看。對我來說，馬祖有滿大的空間跟舞台去嘗試我很想做的事情。

大浦plus+團隊合照。

東莒美麗的自然風光，具有療癒人心的力量。

齊 我們不管實習或寫論文其實都已經在台東生活，但是沒有收入，所以也當作一個維持生活的方式。運作起來真的擴展很多視野，接觸到很多原本想像不到的事物，跟人的交流也給我們很多回饋。

浩 剛來的時候覺得台東的民宿很單一，我們想做出差異讓大家知道台東還有不同選擇。我們也一直關注台東的環境和土地議題，思考人跟土地的關係，例如美麗灣飯店推動的時候，很多當地人都會期待受雇，我們好奇為什麼他們不想自己運作一個空間？所以就用這個空間來實驗，看看會遇到什麼困難和阻礙，讓我們更清楚外來者和本地人思考的觀點有什麼不同。還有，台東以服務業、餐飲業、農業、公務人員為主，藝術、設計產業很少，我們想把一些人力留下來帶來不一樣的刺激，讓台東有更多元的組成。

Q. 核心想法和做法是否有階段性的演變？

翰 2009年大浦plus+啟動一連串的空間修繕，當時的計畫主持人廖億美有很多藝術圈人脈，找藝術家做公共藝術，想讓更多人知道這裡。2012年開始「以X換生活」，以專長換住宿，當時台灣也滿流行半農半X，國外也有工作假期，最初來的人以親朋好友居多。這個階段算是基礎的田調，了解島上有什麼，島上居民彼此之間的關係是什麼。

2017年計畫一度中斷，2018年由陳萱白接手，「大浦plus+」就是她取的，「plus+」就是在換生活的模式中找專業工作者進駐帶領，再開放換宿申請，有興趣的人可以自己報名課程。我接手之後延續這套做法，觀察社區需

求，大家想做什麼我們就去找老師。這幾年聚落人口回流，本來想既然這邊已經活過來了，我們達到目的就消滅自己吧，但少了我們像客廳玄關的角色建立交流，覺得很可惜，還在思考未來在補助退場的情況怎麼運作下去。

妮 這裡的生活瑣事很複雜，比如換瓦斯要在特定時間、自己騎摩托車載瓦斯到廢棄軍營自己換，買菜也要打電話去某位阿姨家商討，這些都是在跟島培養運作生活的默契。所以我們也在想，未來可不可能培訓一群人在沒有工作人員的情況下，自己換宿。

翰 我們的階段性會隨著居住的地方跟定居成員比例不同有所改變。我們總共租過四個空間，前三個都在市區，市區的空間開放度很高，我們不太鎖門，朋友可以進來休息、辦公、借浴室。第四個小宿舍就有明確的轉折，我們已經有五、六個人住了四、五年，大家一直在思考共同成家的可能。我們的需求是凝聚彼此，先處理彼此的關係，所以想要有清楚的邊界不被干擾，才選擇現在離台東市20分鐘、獨棟的透天厝，這個地方除非特地來不然很難經過，和之前想到就能來滿有差異的。

搬離市區，臨山小宿舍落腳台東卑南。

這個階段以長住的人為主體，保留一間房間換宿，讓大家共議要給誰換宿。想換宿的人至少要待一、兩週，融入這裡，我們也會找事給他做，像是幫忙家務、跑腿，協助認識人和空間。現在新的階段是育兒，我們有在想會不會到死路了？因為一起住的成員沒想過有天會跟嬰幼兒一起住，但目前似乎還可以繼續往前走。我們都會彼此調整，一個月有一次聚會，幫助大家對焦彼此的需求。

Q. 觀察來駐村、打工換宿或長住的人，有共同特質嗎？

妮 來大浦plus+的人不太有明顯的氣味或樣子，但以我的觀察，他們是我以前沒有碰過的人。他們覺得工作好像不是人生中最重要的事，會花很多時間生活，去玩耍或是探索世界、探索內心，用最低消耗的方式活著，我發現這樣的人越來越多。

工作好像不是人生中最重要的事，會花很多時間生活，去探索世界、探索內心。

翰 我覺得滿有意思的是，我們不覺得來大浦plus+的人有什麼同質性，但對島上的人來說，他們很好辨識啊！像島上的郵差就說大浦plus+的人看起來都活在天空上面，缺乏生活感，像寄東西的時候包裝不符規範，或者寄一些石頭、木頭等怪東西。

早年島上居民對大浦plus+的印象，就是一群很窮、無所事事的大學生和藝術家。我自己觀察在生命中撥出十天以上到另一個地方生活的人，背後都有心理層面的需求，需要轉換、喘息的空間來放鬆療癒，如果同時來換生活的人又投緣，很容易交流生命經驗。不過這兩年因為我們改成課程導向，這樣的人比較少。

浩 我們現在會來換宿的都是曾經來過的朋友，或是在某個地方聽過我們的故事，想來體驗一段時間，或想要找一個地方休息、沉澱，這裡的成本條件相對低。另外他可能想來這裡工作，但是暫時還不想定下來，就會用換宿的方式。來的人會很清楚他要認識這個空間、這裡的人，才會往外認識台東。還有室友離開小宿舍，想試試看自己理想的生活模式，搬到附近變成我們的鄰居、社區的一份子，遇到衝突或不愉快的時候會回來和我們討論。我覺得很有趣，在這裡住的人都在思考對生活、對家、對關係的想像是什麼。

Q.這樣的操作方式對當地發展、居民有什麼影響？

妮 居民常用馬祖話說我們吃飽太閒，但是通常笑著說，他們知道我們做這些瑣事，都在讓更多人跟島和居民建立關係，想念島的時候、島有需求的時候也會回來。之前有一位長輩很常念我們又很喜歡塞東西給我們，今年她兒子結婚生小孩，按習俗要把臨水夫人的香火請回來臥房祈福，需要排場，當時大家各自忙碌難以抽空協助，我們聽說之後號召夥伴來幫她沿路打鼓板，想到能幫忙平常照顧我們的阿姨，眼眶都有點濕濕的。

還有每年元宵節的「擺暝」遶境也很需要人力打鼓板，大浦plus+長期有很多對馬祖文化好奇的人，我們媒合他們參與在地民俗活動，一方面滿足他們的好奇，一方面也補足當地人力缺口。

翰 一開始我們舉辦分享專長的活動，居民參與度滿高的，但近兩年政府單位的活動跟課程變多，他們都疲乏了，來也是抱著捧場的心情……反而是擺暝結束後，得到的回饋比任何一場活動都要多，很多人跟我們說很久沒這麼熱鬧了。而且回來幫忙的都是過去培養出來的關係人口，他經歷過這裡友善的對待，才會在地方需要的時候請假買機票回來參加，我覺得這是一個長期累積的過程。

浩 我們比較是站在生活層面，支持這個土地上想要做運動或改變的人。台東做社運的人不多，滿需要一個可以互相對話或討論的據點，像之前反核、反美麗灣會在我們這裡做道具、討論。也有

他們來這裡得到深刻的滋養，想要回饋，就會和當地人有更深的交流。

剪紙專家陳治旭，帶著來自台灣的學員學習馬祖剪花。

室友想辦台東同志遊行，我們的任務就是支持他，讓他順利完成。

我們也有提供社區居民借書，也辦免費市集，還有成立分享剩食的平台，想推廣一種不那麼消費的生活模式。社區媽媽超開心的，她們覺得可以少煮一餐很療癒！所以我們的運動有兩種路線，一個是住在這裡的成員關注什麼我們就來支持，另一個是如果感覺到社區有需求，也會去思考我們可以做什麼。

齊 尼伯特風災過後農損嚴重，有些來過小宿舍的朋友知道後主動關心想幫忙，我們就媒合到需要的農場，不一定是整理，光是關心支持對當地人就是很大的幫助。他們來這裡得到深刻的滋養，想要回饋，就會和當地人有更深的交流。

其實我覺得小宿舍這十年來對台東有一個好處是有年輕人，台東老齡化嚴重，中壯年有家庭或在某個社會位置，很難有餘裕關注社會議題，有時候在地人想到某些事想要行動，就會想到這邊有一群年輕人，會問我們有沒有興趣幫忙。

臨山小宿舍出攤免費市集推廣。

我覺得有外地人來這裡實現某種生活，對當地人來說是一個新體驗，也會帶給這個地方一些自信。

Q.請分享對於換地方生活的趨勢觀察與個人想法。

翰 我認為全台灣這樣的空間理論上應該要越來越多，因為現在有越來越多人願意嘗試多元工作，我也樂見其成，我們自己運作下來這個模式絕對可行，對地方政府來說成本也OK，只要有長期運作空間的人就夠了。大家對異地生活很容易有太浪漫的想像，這樣的空間可以讓他們落地一點，知道生活在別的地方是什麼樣子，什麼都要

參加擺暝盛事的大浦夥伴們。

自己來的時候，有沒有具備基本的生活能力。

浩 我覺得換地方生活是青春期跨到成年的重要歷程，我們怎麼選擇跟土地的關係，而不是因為工作被丟到某個地方。我從心理的角度來看，有好好經驗在一塊土地上生活，去認識自己的可能性，會給人一種穩定感，也會從內在出現信心，可是我們好像很少有探索的機會或空間，所以我覺得具有多元生活想像的空間，落在不同的土地上形成不同文化圈，可以給年輕人很好的激盪。

齊 我覺得這個世代很需要用換生活的方式去探索自己、世界和人與人的關係。一個個空間很像容器放在不同的地方，當你想探索自己、想看見不同的東西，或是單純想有個空間沉浸下來的時候，就挑一個容器看它能不能接住你。容器的形式和樣態越多元越好，比較有可能回應人的獨特性。

我覺得換生活像生命跟生命互相編織，透過這些機制串連人與人的生命經驗，接下來會往哪邊不能預期，但我想這是一件美麗的事，有可能性又很深刻。

Q.最後請描述一個心中理想的換生活前哨站。

妮 我滿喜歡大浦plus+沒有固定的樣子，有點混亂、有

透過前哨站這個玄關走進村落裡，與居民打交道，得到的情感或知識會更多。

機，很有趣，是由大家拼湊出來一個彈性的存在。

翰 我理想中的換生活前哨站分成短期和長期，短期是15天以上，只是想了解另一種生活型態，或需要生命有個逗點，我們就提供像思齊說的有個容器把你接住，但我會希望基本生活機能能自理。如果他想更進一步留在這個地方或換另一個地方生活，我們可以分享經驗或協助媒合，但我不會把它設定為一開始就有的機能。再更理想一點的前哨站，還要加入社區的人一起運作，來的人透過前哨站這個玄關走進村落裡更多角落，與居民打交道，得到的情感或知識上的資源會更多。

齊 我的想法類似泳翰，我要補充的是，我覺得這樣的容器怎麼去陪伴來的人，去經驗或克服生活在當地的困難處是一個關鍵。他的身心能不能安住、前進到下一步，在沒這麼簡單的地方有人陪伴他，多一些支持與觀點交流或經驗分享，這是前哨站能多做一些的。

浩 這題讓我想到我們每年暑假都會環島拜訪各地經營空間的朋友，激盪我們對生活的想法或靈感，我回想這些空間，覺得前哨站如果有辦法提供剛剛好的陪伴或溫暖，讓人可以感受到空間的運作或人，傳達一種生活的態度或精神，我覺得是很理想的。

書店引領的游牧生活之詩

文字、圖片提供－沐然
書封提供－木馬文化、遠流出版、皇冠文化、方智出版、圓神出版

自心書房原本不知道自己是一棵走動的樹。她認為自己如同其他樹，一生定居一地，向下扎根、向上茁壯。她最初的夢想是長成一個家。一處安穩、能夠遮蔭避雨的家。

從未想過「游牧」這個詞彙會出現在我的生命裡。從2018年11月開店至今，自心書房確實搬遷游牧過四個據點與一處短駐，撰寫的當下，也正在收拾人生行囊、整頓身心準備搬家。回想人生第一次搬家，是考上台科大、非本科仍選擇投入商業設計系、踏上心之所向的那一刻，也許這是游牧經歷的起始。

當生命的海流匯於自心，一間書店於焉誕生

念設計系最深刻的學習是生命沒有標準答案，畢業後又意識自己

沐然
2015年踏上心之所向，曾為自己取名小海，而今徜徉於水木的滋養中，成為走動的樹——沐然。透過閱讀、書店、書寫、吟詠、藝術與遊戲在生活中旅行、體驗自心、探索生命的可能性。

不適合成為設計師而茫然未來，每當心如汪洋中迷航的船，總會窩進似小川糸書寫的《蝸牛食堂》秘密洞穴般的場所，讓書本引我航入內在。我給自己一年的時間，重新開始、從心探索我的可能性，並自詡為海，期許成為接納與涵容生命可能性的海洋——實踐作者丁稀在於《停下來，讓靈魂跟上，就能呼喚幸福》書中所說：「為了體驗活著的實感，我們必須放下自己必須成為什麼的包袱。因為不曾成為過什麼，所以才具備任何可能性，因為不曾握住過什麼，所以才擁有更多夢想……」

某個窩踞在三坪房間書桌前的濕冷夜晚，在筆記本寫下：「書」、「人」、「空間」——這三個關鍵詞是我持續好奇、探詢、分享的事物。在隨波擺盪的不安中，是書本揚起船帆、文字燃亮燈塔。很喜歡席慕蓉《無怨的青春》中〈我的信仰〉的詩句：「我相信上蒼一切的安排／我也相信 如果你願與我／一起去追溯／在那遙遠而謙卑的源頭之上／我們終於會互相明白」。我相信，在什麼也不需要做時，仍會持續投注的事物，就是生命熱情的所在。因此，我的心種下了開展一間書店的可能性。

走動的樹的還是一顆種子時，隨風飄盪、渴望找到落地生根的地方。她在許下心願的那一刻落地，長出了自心書房。走動的樹左心室是呼息的「息」，右心室是休息的「息」。她殷勤地綻放枝葉、努力深入扎根、渴望成長茁壯服務更多人，她卻發現越努力、越無法汲取養分，為了活下去她嘗試許多方法……一天，她好累好累、當她鬆開身體，不再用力抓取土壤時，她發現自己原來可以走動。

透過落實，讓安定與自在成為活著的根與翼

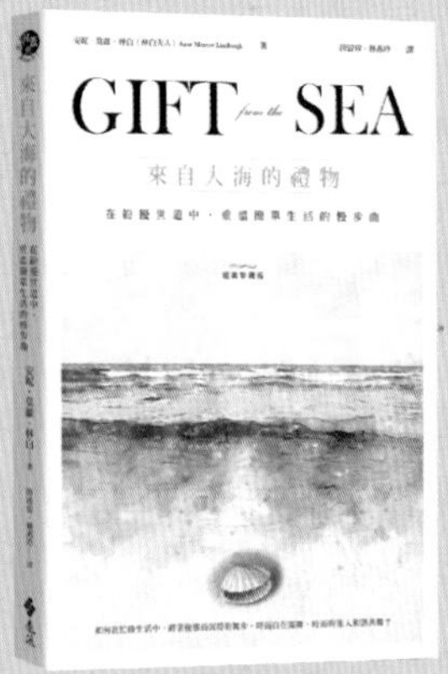

《來自大海的禮物》／安妮．莫羅．林白（林白夫人）／遠流出版

《無怨的青春》／席慕蓉／圓神出版

最初描繪書店夢想藍圖時如許多人對創業的想像，認為需因緣具足才能開一間書店，諸如經驗、金錢、精算天時地利人合等等。未曾想過我會因衝動而開始，也許這是一種命運的心動吧！2018年辭去正職工作，尋找台中租屋處時看見敞亮落地窗、溫潤木地板的空間，想像馳騁——有沒有可能從自己的客廳開始一個預約制的閱讀空間？以此刻能力所及嘗試想做的事情？「有沒有可能……」的念頭，開啟了從未想像的創造。

殊不知，未來將乘著生命機緣的流轉，開始書店每年的游牧。事實是，頭兩年的每一次搬遷皆是注入「希望能在此落地生根」的心情。第一年在台中大里住宅公寓意

外地開展閱讀空間，因分享的熱情而匯流的美善帶給我信心；第二年搬遷至台中市區，盛大鋪張的努力讓我感受夢想的重擔。當時林白夫人《來自大海的禮物》時常帶給我力量：「如何在不斷的轉動中保持安穩沉靜，如何在紛擾的生活中充實內在的力量。……大海要人們學會耐心和信心，像那坦蕩的沙灘，始終靜靜地接納著它所送來的每一份禮物。」

一場大病讓我在2020年初倏然失去了聲音，因而卸下肩上重擔，在工作停擺、休養生息的日子裡，不斷自問：「我的生命最在意的是什麼？」透過閱讀，再次與心共處；閱讀內在，發覺活著的根源是自心，我全身顫慄地領受存在的

《不再試著修補生命》／傑夫．福斯特／木馬文化

《與神對話I》／Neale Donald Walsch／方智出版

《青春瑣事之樹》／林達陽／皇冠文化

泉源、當下的真實、生命的初心。「自心書房」這個名字於焉誕生。宇宙聽見願望後立即於兩週後顯化一間書店，那是第三次搬遷，也是書店第一個正式店面——搬遷至桃園中壢，與夥伴惜息席、鹿見燒等一同進駐姜家老宅。在體驗與他人連結合作時，如《與神對話I》中說：「關係是生命的禮物。」深刻地學習如何在關係中真實表達自己，並尊重彼此需要。

攜帶著這份禮物，直到遷徙至第四個地方——進駐綠手臂生活實驗室、與原夥伴們共同合作的生活共享家，才意識到自己與理想的差距，想起傑夫．福斯特於《不再試著修補生命》說：「擁抱出現在當下經驗之海裡的萬事萬物。或許那

才是我該做的，生命對我的真實召喚——不是設法維持錯誤的自我形象，而是全然接納現在。」原來我是一棵走動的樹，透過落實自心，讓安定與自在成為生命的根與翼。

自心書房是一棵走動的樹。她身上的每一片樹葉都是書，每一本書都是語言轉譯的生命、紙葉乘載的故事。每一年走動的樹會行旅到不同的地方停駐，她所棲息之地是他人歇腳之處；願存在讓人回歸自心、體悟活著的禮物……

從自心「息」到自心「悟」

「太多事情存在於無法標明的位置了，太多事情，是存在於某個客觀上不斷變動、但情感上未曾稍移的『位置』當中的。比如說快樂，心安，善良，溫暖，街頭的貓，林子里的松鼠，外海成群游泳的野生海豚。或者比如說愛。」——林達陽《青春瑣事之樹》。

每當面對變動，內心都會油然升起抗拒與害怕，多年來一直想覓得為何不斷經歷搬遷與不安的答案。一次自由書寫使我直視恐懼，發現渴求答案的緣由是難以接受未知和脆弱。已知的答案讓人安心，未知的可能引領創造。不知道也沒關係，生命的經歷即是答案。分享自身經歷時，同時也允許了恐懼的存在、接納了脆弱的自己。分享讓我感受去愛的能量，而愛滿溢活著的力量。

在自心書房結束駐點中壢的倒數日子裡，我許下了一個願望：「願投入害怕與未知中，全然活著，接受生命的禮物。」今年最深刻的學習是放手和信任。「失控是無傷大雅的。」若失控代表超乎預期，中壢生活共享家及一同開創花

蓮自心山居的伴侶許漪，讓我看見放手和信任帶來從未預想的美好可能。

若問書店對此時的我而言意義為何？我會說：「書店對我來說是夢想、是熱情。」如我的生命之書——馬克．尼波《每一天的覺醒》所述：「我們所珍視的東西一旦分享出來，便釋放出療癒力量。」、「停止為了變得重要而努力。……不要繼續記錄生命之詩，而要親身走進生命之詩。」、「你正是你所尋求的一切。」

真正的夢想不在遠方，而是在每一天的日常。書店引領我游牧生活之詩，在安穩中徜徉生命的變動，在變化中感受內心的安定。走動的樹，持續地在生活旅行，走動的樹不知道未來將會走向何處，但她慢慢地明白，她會活出自己最想抵達的地方。

《每一天的覺醒》／馬克．尼波／木馬文化

跟著電影，照見遠方和自我的追尋

文字、圖片提供－王昀燕　劇照提供－甲上娛樂、東昊影業、水花電影公司

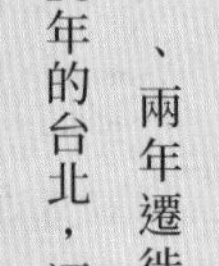

王昀燕
生於台中清水，長於台北，近年返鄉生活。政大新聞所碩士。當過記者、公關、業務。橫跨文藝與財經，著有《再見楊德昌》，另於博客來OKAPI耕耘理財專欄。

這幾年，我的人生變動得厲害，平均一、兩年遷徙一次，從定居將近16年的台北，遷往島嶼中部，一個熟悉卻又陌生的濱海小鎮。其後，曾搬入城裡，也有好一段時間住在歐洲。即便今年初夏搬進三年多前買下的預售屋，仍舊不覺該就此安頓下來。老實說，當初買房，關鍵的理由之一是——扛著一只專屬於自己、具象的殼，便能阻絕長久來對於遠方的嚮往。後來我才發現，這根本一點不管用。

重新整理自我的契機

每一次移動，都是重新整理自我的機會。首先是物質上的，反覆歷經幾回合割捨／留存的爭戰後，人的欲望便愈減愈低。物欲擺一旁，於是有更多時間思索自己要的究竟是什麼。好比內心暗自怨懟城市不近人情，直到離開了，方意識到根本上對於城市的依賴與眷念。又或是，遷入了夢寐以求的新居，以為就此塵埃落定，卻仍隱隱覺得心裡有一道缺口，重讀《過得還不錯的一年：我的快樂生活提案》，追根究底，才發現是移居後喪失人際網絡連結使然。這些，倘若未親身經歷，不會明白得透澈。

移居伴隨著的，常是工作上的變動。過去，我賴以為生的藝文產業，以台北為大本營，出了首都，總得另謀出路。我曾被挖角轉入金融保險業，為了現實之故，也為保全某種程度上的自由。及至近一、兩年，有幾個電影研究、出版專案找上，重心遂又漸轉回寫作上。

返鄉這三年正逢大疫，加速了遠端工作的普及，工作型態愈來愈不受地域所限，說來我也算是受益者。很多事情隔空可以進行，人們對於線上溝通、開會、採訪，變得習以為常，人未到場，亦不致失禮。數算起來，我自由工作的時間逾十年，工作型態本就如游牧般，如今搭上遠距工作的熱潮，好像也只是剛好。

向外拋擲方能客觀回望

毅然離開原棲息地者，多半是人生有了重大轉變，像是求學、結婚、生子、陪伴照料年邁雙親、轉職或外派等；另一種可能則是，對人生迷惘，所以選擇拔營上路，讓自己處於飄浮狀態，待遇到合適的土壤，再落地生根。

回溯自己這一路走來，青春期離家求學工作，一趟趟海外旅行、旅居，闖蕩了近20年後重返家鄉，生命的質地已大不相同。長大的過程中，好像免不了得把自己向外拋擲，好奇地往外探看、覺察世界，繞一圈，再回頭看自己，也許眼光會客觀一些。

舉凡與旅行、移居相關的電影，背後幾乎都潛藏了「自我追尋」的動機；帶著傷痛出發的，往往能獲得療癒或解答。以下介紹四部類型、主題各異的國內外電影，照見生活變動下的多樣性。

游牧影院

《里斯本的故事》

作為歐洲最古老的城市之一，里斯本原就倍受旅人青睞，近年更成為數位游牧的熱門城市。1993年底歐盟創立，翌年德國新浪潮大師溫德斯受邀為獲「歐洲文化之都」榮耀的里斯本拍攝一部紀錄片，在里斯本晃蕩了一段時日後，溫德斯起意改拍劇情片，故事就從人在德國的電影錄音師菲利普，收到一張導演友人菲德利希自里斯本寄來的求援明信片徐徐展開。《里斯本的故事》開場，菲利普駕著一輛舊車，馳騁在綿延無盡的公路上，歐洲各國的邊界甫開放，毋須護照即可通行無阻。許多年前，我初次赴歐陸旅行時，亦詫異於國界的透明，各國統一貨幣，唯語言成了醒目的藩籬。

（劇照提供／甲上娛樂）

片中，菲利普千里迢迢奔赴里斯本後，友人竟不見蹤影，唯獨菲德利希房裡遺留下音效尚未完成的電影膠卷，以及葡萄牙詩人佩索亞的詩集，伴他度過長夜。後來菲利普獨自帶著Boom桿出門收音，當他輕闔雙眼，流轉在城市日常裡的一切聲響霎時立體而鮮活了起來。就像導演友人為記錄影像配上的旁白：「我慢慢習慣不去操控，我試著讓腳步和目光漫遊……此實驗的條件就是孤獨，誰能忘情沉浸在城市風土，要不是孤獨？」一個人旅居異國的回憶被悄悄喚起，走上街頭，世界即會慨然回應你。

《愛情未來》

伊莎貝·雨蓓飾演一名哲學教師娜塔莉，在巴黎過著中產階級知識份子的生活。一日，她的得意門生法比安突然告知，將搬去法國南部的韋科爾山區，他向朋友買了座位處偏僻的農場，打算一邊製造乳酪，一邊寫東西。原本生活狀似穩定美滿的娜塔莉，隨著丈夫外遇、母親罹病等重大打擊，生命逐漸裂解。而法比安的存在，堪稱一個對照組，他十分適應山居生活，在大學兼課、寫教科書之餘，也有更多時間寫自己的東西。當情緒低落的娜塔莉前往山區拜訪法比安，見到一票年輕的知識份子，有哲學研究者、有獨立出版人等等，在遠離城囂處過著自給自足的生活，其酣暢快意，更加顯出她的脆弱與蒼白。

兩人的對話擦出煙硝，不羈的法比安質疑娜塔莉無法接受讓思想失控，進而令生活掀起巨大波濤，她去示威，也只是出於自我感覺良好。大抵不少知識份子看到這，都不自覺地熱燙了臉。娜塔莉坦承她沒有革命的企圖，但她試著將思想傳授給年輕人。作為激進派，她確實太老了，她回到巴黎寬敞明亮的公寓，安適地做自己。城市也好，鄉野也罷，

（劇照提供／東昊影業）

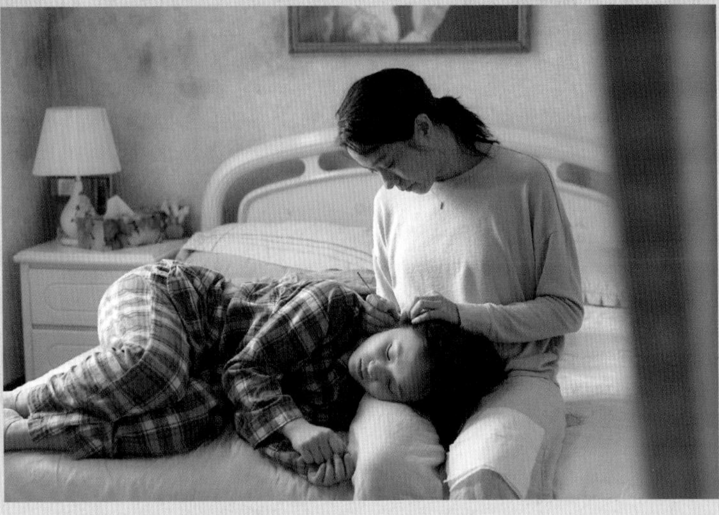

（劇照提供／水花電影公司）

真正的自由，是找到安身立命的方式，祝福人人各得其所。

《美國女孩》

那個年代，許多人心中懷抱著瑰麗的美國夢。「來來來，來台大；去去去，去美國」這句話被喊得震天價響，彷彿真理。我的夢想之地不在美國，但同樣在西方。

《美國女孩》改編自導演阮鳳儀自身成長經歷，講述一名隻身帶個兩名幼女，移民美國五年的母親，因罹癌不得不割捨美國的一切，返台治療。我也曾好不容易通過語言考試、申辦繁複文件、花了大筆錢，取得五年的他國居留簽證，卻因難言的理由，回到了故鄉，因而看《美國女孩》時，感觸特別深。

片中，林嘉欣飾演的母親一度脫口而出：「完了，怎麼繞了這麼一大圈，還是回到原點？」這話裡有感傷，有挫敗，有絕望。在這故事裡，「回到原點」意味的，不是敞開胸懷，擁抱嶄新的開始，而是被迫退回原地，跟過去和解，跟夢想告別。比母親受傷更重的，是正逢青春期的女兒芳儀，面對台灣沉重的課業、嚴厲的教育方式，她無力反抗，轉而怪罪母親做下回國的決定。移居從來不是一件容易的事，況且還得承受巨大文化差異，儘管心中有遠方，最終似是妥協的母親溫柔地問女兒：「你還覺得這裡不是家嗎？」何處是家？家人所在的地方就是家。

《聽見歌再唱》

並非所有移動皆出於自發，好比因工作變異而生的遷徙。《聽見歌再唱》片中，一個在各校間不停流浪的代課音樂老師，這回，來到深山裡的部落小學，一報到，即被交派擔任一支倉促成軍的學生合唱團的指導老師兼鋼琴伴奏。本片受真人實事啟發，改編自出身南投信義鄉久美部落的布農族教育工作者馬彼得的故事，體育背景、看不大懂五線譜的他，於2008年成立「台灣原聲童聲合唱團」，帶領一群部落孩童乘著音符，飛越山嶺，讓純淨高亢的原民童聲遠揚，被世界聽見。

我曾因一份報導文學的工作，赴台東都蘭部落田野調查，前後歷時兩年。那是一次強烈的撞擊，為一種原始的、粗礪的精神氣質所震懾，即便頻繁地互動與採訪，自己都還不能真正卸下城市人的矜持。於今回想，旅居部落的日子，就像一場嘹亮的夢。一如《聽見歌再唱》裡的音樂老師有感而發，他們是天生的歌者，我們無法給予更多，只能打開耳朵，仔細傾聽。

像海裡乘著流的魚，自在飛翔

從家鄉到求學、自創品牌，遷居的軌跡有如游牧民族，待過不少地方，從中摸索出工作與生活相互交融的可能。現在搬到離海很近的地方持續創作記錄，讓生活狀態最接近自我裡想。

還不確定這樣的生活方式會持續多久，但若能去傾聽內在每個冒出來的想法，放下恐懼，我們都會像海裡乘著流的魚，像天上乘著風的飛鳥，自在飛翔。

文字—聽聽
攝影—李忠勳

Another 移住者告白 Life

告白者 聽聽

嚮往在大自然裡生活、創作，但目前海多一點點，所以搬來台東。擁有一個布作品牌「每天」，喜愛透過布的堆疊創作，分享台灣山海美麗的瞬間。目前愛上自由潛水，在海裡腦袋很空，身體很鬆，心會變得透澈。

小時候常聽外婆說她年輕時，到裁縫師傅那邊學習製作西裝的故事，學成後在自己家裡開店面，接西裝訂製與服裝修改，所以各類的布、布床、布剪、車縫機、粉土、皮尺……等縫紉用具都是我在外婆家的記憶。不知是否因為如此，對布總有著特別的偏好，無論是在學生時期布置教室選擇的材料、平常要完成的美勞作品，或是大學就讀服裝相關科系，都和布料有關。每當走進布行與裁縫材料店時，我總會想起外婆家，也有著這些熟悉的氣味與工具。

大學四年級時，同學們會利用畢業製作之餘的時間打工，那時的我想著除了打工之外，還有什麼是可以賺錢但又有趣的呢？剛好看到高雄的大港開唱在徵招市集攤位，直覺想嘗試看看，但製作衣服去販售實在太費工，不然就從布包開始好了，填好報名表後馬上去布莊挑喜歡的布開始製作。那次的市集反應很好，開啟我的擺攤人生，雖然那時與現在的創作風格很不一樣，也做了許多改變，但我依舊喜歡市集的氛圍。

會有目前的創作方式是第一次到台東擺攤結束後，到海邊看海，回台北時依舊想念著台東的那片海，當時想著如果把心中的那片海做成包包，每天陪伴著我，或許思念可以得到緩解，才開始有了這樣的創作模式。將看過的風景，美好的瞬間，利用布的堆疊，做成自己想要的樣子，包包陪伴人，布畫陪伴空間裡生活的人事物。

沒有好不好，只有想不想，願不願意為自己的渴望做出改變。

爸爸總說我是游牧民族，2021年移居台東前我也待過許多地方。

2013年大學畢業後我先到台北居住，當時單純覺得台北市集活動多，工作機會多，各種材料購買方便也相對較便宜，各類藝文資訊豐富。剛開始覺得一切都很新鮮，但生活久了發現台北密集的建築與人群，還有快速的節奏似乎不太適合我，以及長時間需要待在室內的工作方式，時常感到窒息感。為了有所排解，開始偶爾參加外縣市的市集活動。有次花東工作結束後，順便北上的小旅行來到花蓮石梯坪，偶然在海蒂朵兒經營的民宿咖啡廳與她相遇，那是一處面山背海的環境，在那裡的每一刻，全身細胞都被大自然的愛支持與滋潤著。因緣際會，2015年我開始在這裡工作，也與他們的家人一起生活，讓我了解到生活與創作可以如此緊密連結，工作與生活也能相互交融。

在那邊的生活，一早可以到石梯坪海裡自在游泳，看看美麗的珊瑚與魚群，再回店裡開店，用美麗的空間與咖啡迎接客人，閒暇時刻還可以繼續創作，傍晚再與狗狗瓦助散步到海邊，晚餐後躺在草地上看著滿天星。每天都充滿滿滿的感謝，我想這就是自己想要的生活，生活就該如此。

2017年因為想念家人，有意識地選擇與他們一起生活，藉由了解他們進而更明白自己，所以決定搬回南投家鄉。離開花蓮時非常不捨，但透過那段時光讓我知道喜愛什麼樣的生活方式。

直到2021年，移動的念頭

又慢慢的升起。

起初還沒決定要搬過來前，心中不時會有小小聲音提問：「要再搬回東部生活了嗎？」，但沒有任何機緣認真思考這個提問。直到住在台東的朋友要更換居住地，問我想不想到台東生活，續租他們目前的房子，彷彿心裡的話透過別人再次提問，我才開始認真想真的要移動嗎？喜歡海有需要搬到海邊住嗎？搬到外面住全部的支出我負擔得起嗎？家人其實也給予很大的自由，有需要搬出去嗎？想家人的時候怎麼辦？

經過了幾番掙扎後，我決定鼓起勇氣跟隨心中的聲音，「沒有好不好，只有想不想，願不願意為自己的渴望做出改變。想搬就搬，想家就回家，台灣開車再遠的地方一天之內都到得了，不用擔心。」不想讓自己一年後還在想要不要搬去看得到海的地方而躊躇煩惱，在任何地方生活都會有需要面對的問題，至少做出不一樣的選擇，就會有不一樣的事情發生，陪著自己一起期待與嘗試，就這樣我決定搬到台東的小馬部落。

這次的移居主要有兩個原因，其一是想要百分之百地與自己相處，不是女兒、手足或姑姑等身份，而是想完全以聽聽的身份生活，其二是我想繼續在看得到海的地方生活，更專心地投入創作。

當我打包好行李，出發的前一

天下午接到朋友來電，她說：「房東把房子賣掉了！房東也覺得很抱歉，說還是可以住在那邊兩個月，然後再找看看其他的房子」，什麼叫騎虎難下，當下我完全明白，難道還沒搬過去，考驗就已經來了嗎？我瞞著家人像是什麼事也沒發生的啟程，實際上心裡有著萬般複雜的情緒。

一個月後透過朋友介紹，找到另一間台11線旁的房子，空間相當寬敞，兩間透天厝連在一起，計畫著或許可以開店好好運用這個空間，也想著在南投的家在馬路邊，車聲應該不會有太大影響，結果搬入後的第一天晚上就崩潰了⋯⋯晚上和白天的車聲幾乎沒有停過，完全無法想像搬來台東要每天忍受車

無論遇到什麼困境，永遠都有選擇，重要的是明白自己的想法。

聲、住在沒辦法開窗的屋裡，但又陷入剛簽約就要退租是否不妥的苦惱中。當時朋友提醒我：「不要忘記，無論遇到什麼困境，我們永遠都有選擇，重要的是明白自己的想法，其他的事情都是小事，就算你要搬十次家，我們也會陪著你。」這段話彷彿幫我打了一劑強心針。

巧妙的是，隔天就收到另一位朋友的訊息，他在台東租屋社團裡看到有一間「寧靜小屋」要出租，房屋條件大多是先前我跟他提過的，當我邊想著要不要打電

一個人，不確定是否可以好好安妥自己的身心。

話約看房，邊走到陽台要去曬衣服時，在外頭的熱水器突然掉下來壓斷水管，水如湧泉般不停噴出，當下我明白了，不要壓抑自己的需求，馬上撥電話約好下午去看房。

直到2022年1月我才正式搬到目前居住的空間，是在部落裡的獨棟小平房，房子方正、大小剛好適合獨居，房東也把房子照顧得很好，很安靜，離海不遠，而且還是美麗的三仙台海邊。

經歷一路的波折，最後來到寧靜小屋，每一刻都在練習面對自己的心、需求與感覺，對於每個發生可以有許多面向去思考，而要留下什麼在心底，把自己帶往何處，所有的選擇權完全在於自己，別人無法代替決定與面對。我很感謝所有的發生與朋友的幫忙陪伴，回頭想想這樣孟母三遷的開場確實很台東，但終於可以展開在台東的獨居生活了。

因為之前有過花蓮生活的經驗，對於再次來到類似環境，生活起來實際上沒有太大落差，最不一樣的是這次我是一個人，是我期待同時也是我擔心的，不確定是否可以好好安妥自己的身心。幸好認識許多同為移居者的朋友，聽著他們分享每個不一樣的故事與生活方式，大家帶著自己的法寶在喜愛的地方活下去，跟我一樣，為了自己嚮往的生活來到異地努力著，讓我覺得並不孤單。

比起待在家裡，搬出來住確實有許多必要的支出，收入也有可能不比以往，除了依舊做著布包與布畫創作，參加台東在地的市集，增加東部的寄賣店家，有時會為前來東部的旅客或朋友「頌缽」，提供放鬆身體的服務。若朋友的咖啡廳人手不足需要支援時，我也會去，一方面讓自己的生活多元認識更多不一樣的人，也可以增加收入，比起以往生活更加忙碌，但卻是充實與開心的。

除了認真為自己的生存努力，其餘的時間不是去山上走走、泡泡溫泉，就是去海裡游泳。想住在海邊，並不是想要整天泡在海裡，而是可以在每天工作前或結束後潛入海裡，在海裡自在地游水，就算只是短短的，身體就會很開心，很滿足，很平靜，身體是靈魂的家，所以靈魂也會跟著喜悅起來。今年夏天，與朋友談論的話題不是潛水就是潛水，忙完月光海市集後不是約好去綠島就是去蘭嶼。因此創作的靈感也有如噴泉般降臨，有時豐沛到來不及記錄。

10月搬來台東剛好滿一年，目前的生活狀態最接近裡想：住在離海很近的地方，想游泳的時候有朋友能相約，上岸後還可以工作，許多好玩的市集可以參加。常被問到一個人住會感到孤單嗎？當然會有這樣的時候，但也覺得這很正常，重要的是如果可以練習陪伴孤單或其他情緒，感受當下，我想反而會更有力量吧！

鳳山新城裡的
鐵披屋

走進地方

INSIDE of PLACE

盧昱瑞

高雄人，畢業於台南藝術大學音像紀錄所，以捕捉影像為志業。2005年開始拍攝紀錄片，題材大多圍繞在海港生活的人，偶爾也關注老房子和文化資產等相關議題。

清乾隆51年發生林爽文事件，位在南部的鳳山縣城也被攻破，後來在清乾隆53年就從鳳山縣城興隆莊（今左營）搬遷到下埤頭街（今鳳山），並蓋了一座有東、西、南、北門的城池；清嘉慶9年又增建外北門和東便門，成為有六座城門的鳳山新城，而位於今日左營區的鳳山縣城則稱為舊城。

依稀記得數年前因工作關係常在鳳山四處探訪老屋，某日離開龍山寺後，偶然在小巷口瞧見一間黑得很有個性的迷你鐵皮屋，招牌直率地寫

著「鐵披屋」，但因當時還沒開張營業而無緣光顧……

「這間店是2017年9月開始營業，哈！這鐵皮屋當初真的很像廢墟，從外觀看就是非常普通的鐵皮屋，後來就和朋友慢慢把它打造出來，從頭到尾都是自己動手整理、木作裝修、油漆……等等。」鐵披屋老闆Jeff邊桿著披薩皮，邊聊著五年多前的改造回憶。

所幸有Google地圖可輔助回憶，2017年以前，這間鐵皮屋的鐵門上都還寫著「車庫前請勿停車」，旁邊的電線桿還擺放著一個移動廁所，Jeff和朋友們花了不少心力修飾這個巷口街角的風貌，將原本老舊的翠綠色五槽彩色鋼板和鐵門全部塗成亞光黑，並在店門口上方用木板裝飾柔化鐵皮的剛性，店名就安裝在木板上。「一開始叫巫蜜，但好像不好記，而且常常要跟客人解釋緣由，第二年我就乾脆把店名改叫鐵披屋，因為這裡真的是鐵皮屋。」Jeff對於這直白好記的店名頗滿意。

鐵披屋的店寬和深度僅約三公尺，一間不足三坪大的空間是Jeff實踐個人理想勞動的天地。因偶然去墾丁旅遊時吃到美味的薄皮披薩，於是點燃他的高度興趣而駐留在墾丁學做披薩。兩年後決定回來老家鳳山開業時，希望把

墾丁的愜意步調帶回城市，剛好找到這有點偏僻但又離鬧區不遠的所在，便從這間迷你鐵皮屋，逐步實踐愜意慢活的工作型態，也希望讓客人享用到輕鬆自然的窯烤美味。

鐵披屋的隔壁是間兩層樓的廢墟，廢墟隔壁是古老的合院傳統建築，在這20公尺長的街道範圍裡，同時呈現三種不同年代建築風格的特殊風景，不遠處也有1764年初有規模的龍山寺和1804年的東便門，歷史悠久的打鐵街也在這街區；來享用美味窯烤披薩的同時，也能順道走訪四處充滿古韻的鳳山新城。

親愛的柏瑋

今年的環教活動都忙完了嗎？

10月之後，逐漸增強的季風，就成為台灣東北區的生態基調。每年安排社區大學秋季班課程的時候，都需要考量季風相關的主題——彷彿社大也是某種東北區生態系。

在一個溫暖的冬夜，我跟社大同學們前往烏來夜間觀察，我們的目標是當季的山窗螢以及橙螢。

大家完全關上燈，以腳底觸覺和聽覺輔助行走，這樣可以讓瞳孔完全打開，很快就能適應黑暗，並辨識出步道的輪廓。而這種狀態也才有利於尋找螢火蟲。畢竟微弱的螢光，並非為了給人類觀看，而是一種更小尺度的溝通，例如針對草深處的雌蟲，或者周遭的小型天敵——螢光本來就充滿多重意義，有時用來求偶，有時用來警戒，在極少數的狀況下，甚至能用來誘捕獵物。

剛入夜沒多久，我們就看到了零星的橙螢，接著，更亮的山窗螢開始出現。這些冬螢的光都是持續不斷的，體型也普遍比春夏季熠熠閃爍的熠螢屬種類（例如黑翅螢）更大一些，但族群密度較低，帶著一種清冷的季節感。牠們高高飛在樹梢上，偶爾或許因為受到驚嚇，畫著圈圈，像流星一樣快速降落下來。

然而當晚最令我驚喜的，卻是在流水的岩壁上，看見整群鹿野氏黑脈螢的幼蟲。那是典型的黑脈螢棲地，山壁中的水不斷滲出，生長著樓梯草與水鴨腳秋海棠。入夜後，一切形象消失，卻從葉片間透出點點的亮光，像是岩壁上的群星。

顯然會展現螢光的，不只是螢火蟲成蟲，幼蟲也在進行某種展示。如果加上幼蟲，每個季節其實都能賞螢。

書上說黑脈螢幼蟲以川蜷為主食，而附近岩壁

FROM
瀚嶢
新北・新店

黃瀚嶢
生長於台北，在城市間隙發現觀察野地的樂趣，從此流連忘返。森林系畢業後，從事生態圖文創作與環境教育，經營粉專「斑光工作室」，靠著偶爾路過的靈光努力生存。

則以錐實螺為主。這些淡水螺，一受攻擊就會滾落到下方的水潭，幼蟲會閉著氣，緩緩將其拖出水面——據說牠們可以潛水達三個小時，但終究得上岸，所以被描述為「半水棲」的螢火蟲。

無論川蜷或錐實螺，都是全島分布，只需要乾淨的流水即可。但清淺而穩定的岩壁流水，才是黑脈螢幼蟲的關鍵棲位，因而牠們只分布在季風吹拂，終年濕潤的東北區。

今年4月，在烏來和宜蘭，早晨的溪邊，都曾遇見翅鞘桃紅色的豔麗成蟲。成蟲日行性，不發光，但幼蟲卻會——顯然並非為了求偶。那些岩壁上排列均勻的星星，到底是為了警戒天敵，彼此確認位置，還是其實有誘捕螺類的功能呢？實在值得進一步觀察。

春日桃紅，冬夜繁星，這些水景，大概都是黑脈螢成為保育類的理由吧。

鹿野氏黑脈螢 *Pristolycus kanoi*

鹿野氏黑脈螢的成蟲不發光，幼蟲卻會在秋冬夜晚群星一般聚集在流水岩壁上，像某種集體的展示。

親愛的瀚嶢

信中對於冬夜光景的精彩描述，使我想起前些日子在觀霧剛帶完一場自然觀察活動，趁日落前夕上樂山林道慢跑，為不久後的大山旅行做準備。回程時天色已暗，眼角瞄到點點螢光，原來是從森林深處飛出一群神木螢，如棉花般輕輕柔柔地，圍繞在身邊。

謠傳神木螢會在寒冷冬夜從觀霧巨木群裡誕生呢，我一邊神往，一邊大口吸吐冷空氣。突然間，夜空中傳來一陣短暫的粗啞嗓音，大概是趁夜色趕路的過境鳥或候鳥吧，聽起來像夜鷺或紅尾伯勞。每到這個季節，來自北國的過境鳥及渡冬鳥，以及從高海拔降遷、低海拔反降遷的留鳥，使得觀霧的日與夜都繽紛了起來。

紅尾伯勞是秋冬季節全島常見的鳥種，也是象徵冷空氣南移的標誌物種，但出現在海拔兩千公尺的深山野林還是有點違和。我在觀霧唯一一次真正看過紅尾伯勞，並不是在望遠鏡的視野中，而是在褐林鴞的食繭裡。

那是幾年前的深秋某日，夜裡除了飛鼠哨聲、山羌吠聲，還有貓頭鷹的低沉呼聲。褐林鴞是觀霧秋冬夜的常客，在寒風中佔據枝頭大聲鳴唱，除了宣示領域外，可能也為春天的繁殖做準備。那次，唱歌唱到一半的褐林鴞突然把一坨不明物體嘔在我面前，我如獲至寶地端詳、拍照，那是一團沾滿黏液且紛亂糾結的骨頭羽毛堆，在手電筒底下閃著幽微亮光。後來遇到一位對鳥類構造觀察入微、擅長野鳥木雕的工藝師上山擔任志工，從食繭中鳥喙先端下鉤的形態，辨認出苦主是紅尾伯勞，我才恍然大悟，把秋冬季節觀霧夜空發生的故事描繪出來。

故事大抵是：紅尾伯勞乘著東北季風，趁夜色

FROM
柏璋
新竹・新竹市

陳柏璋
熱愛山、攝影與書寫的野外咖，時常帶著相機與紙筆，在野地裡打滾整天。目前與一群好夥伴共創森之形自然教育團隊，試圖在人們心中埋下野性的種子。

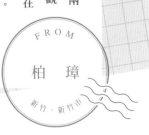

南下，找到雪山山脈西側鞍部——觀霧，準備越過山稜直奔更溫暖的苗栗以南度冬，不巧被暗空王者褐林鴞捕捉、吞下。原先不會被任何人發現的生態軼事，因為一枚食繭而被揭露。當然，這只是我編造的故事，或許紅尾伯勞壓根只是走錯路。

我曾想過，為什麼紅尾伯勞不選西部靠海的平原南遷呢？或許是因為食物、棲地、氣流，也或許是台灣西部晚上光害太嚴重了，畢竟夜間遷徙的鳥類需要靠月光和星象來導航。

不得不驚嘆觀霧的神奇，明明位於海拔兩千公尺的深山，卻能在特定時節見到平地翻山越嶺而來的物種。站在瞭望點俯瞰大新竹地區與台灣海峽，這望眼欲穿的距離，對於斯氏紫斑蝶、薄翅蜻蜓、赤腹鷹、樹鵲，以及紅尾伯勞來說，或許不值一提。

想起兩個月前我們一起在大鹿林道觀摩柳杉人工林的伐木集材作業，你是從台北單日往返觀霧，這大概也足以媲美候鳥的長途旅行了吧。期待春過境，我們能再相會。

紅尾伯勞

Lanius-cristatus

紅尾伯勞銳利的鉤嘴，
使牠獲得「雀中猛禽」的稱號。

風土繫

為凝聚返鄉青年力量，奔跑吧！

文字—陶維均　圖片提供—陶維均、潘瑋茵

潘瑋茵，出生嘉義太保，童年在朴子成長。目前返鄉嘉義創辦可卡因整合有限公司及嘉義縣青年返鄉推廣協會理事長，將基地設於成長中的朴子水道頭文創聚落。

2022年，她和夥伴在嘉義縣立永慶高中舉辦「第二屆抄嘉伙—我們回嘉吧！運動會」，號召地方青年參與並邀請縣長親自帶隊做暖身操，藉由強調團結的趣味運動競賽，讓返鄉、移居和離鄉青年彼此認識，交流和分享生活，進而達成促進青年返鄉的倡議訴求。

陶維均

1984年出生台北，國立臺灣大學戲劇學系畢，現從事工作囊括體驗設計、品牌規劃、地方創生、創意高齡及劇場編導、教學等領域。2019年創辦針對熟齡族群打造的線上廣播電台《有點熟游擊廣播電台》，累積聽眾超過千人。

我在嘉義有群感情特別好的補習班同學，每逢過年都會約吃飯打麻將。2021年，我們打牌打到有點膩了，開始討論別的聚會形式，碰巧我看到北部朋友辦運動會，決定把過年聚會跟運動會結合。

第一屆運動會，來玩的幾乎都是當年同一家補習班的朋友熟面孔，一個拉一個來參加，運動服還是其中一位朋友家的成衣廠贊

助，在沒有任何民間或公部門資助的前提之下，相當陽春的硬是把活動辦出來。第二屆運動會，我們事先組織了八人籌備小組，把活動細節設計的更完善；從選手宣讀返鄉青年誓詞、分組自我介紹和團隊成員凝聚的儀式、各種講究集體性的競賽以及最後的頒獎典禮，將強調返鄉青年的活動宗旨貫穿得更徹底。

運動會幾乎是所有人的共同經驗，我們希望把本地青年帶回充滿回憶的校園，重新認識彼此和這塊土地，也能讓返鄉青年交流、離鄉青年聚集，推動更多好玩的事在家鄉發生。第二屆運動會最後來了將近百人，許多原本不認識的青年被我們引動現身，對我是很大的鼓勵；也為了讓活動可以延續舉辦，我成立了嘉義縣青年返鄉推廣協會，正式返鄉回嘉。

許多原本不認識的青年被我們引動現身，對我是很大的鼓勵。

第一屆運動會辦完，團隊夥伴聊返鄉的各種可能，一致認為年輕人不可能用想要的方式在家鄉活下去，但個性反叛又愛質疑的潘瑋茵秉著一股傲氣，偏要證明返鄉是可以活下去的路。北上求學就業邁入旅北第七年的她，進入了半正職／半自由接案者的生活模式，逐漸調整接案和正職的收入比重，支線主線相互交替，花了半年時間將自己調整到可以返鄉的狀態。

碰巧，當時嘉義一家新創影像公司開了營運及管理人才職缺，原本在台北從事類似工作的潘瑋茵辭去正職返鄉。基於過往旅北所累積的許多人脈與案源，她也開了自己的整合行銷公司，接案轉發給返鄉嘉義的自由工作者承包，讓離鄉青年藉由接案逐步朝返鄉之路邁進，也建構更穩固的在地青年網絡。

返鄉這一年，常聽身邊朋友說想回來，但嘉義的職缺、內容和待遇對青年相當不友善；很多地方團隊都在講生活的態度跟理想，可是光靠政府補助也很難解決現實的生存問題。所以接下來我們要做「自由人俱樂部」的整合平台，除了替自由接案者媒合產業，也會舉辦培力課程增強接案者的能力，試圖透過平台媒合的機制，讓返鄉青年能夠用自己想要的方式在嘉義生活。

現在的年輕人普遍不奢望賺大錢，只希望能用自己喜歡的方式、在想住的地方、過自己想要的生活。去中心化的接案工作型態是趨勢，地方中小企業也養不起那麼多全職員工，藉由平台以專案模式發包給自由工作者，把產業端、接案者以及空間擁有者做嫁接媒合，是我下個階段的目標。

在青壯人口大量外流、高齡少子化嚴重的鄉鎮，有時候所謂的「物以稀為貴」其實只是因為稀所以貴，但貴並不表示物真的有多好。

六都以外的城鎮人才相對匱乏，少有競品或同業導致曝光門檻降低，只要稍微有些成果很快就能被看見，是優勢也是危機，是光環也是拘束，許多團隊因此變得過度依賴公部門資源挹注，當政策或政局變相，一時無以為繼。如何藉由曝光號召更多人願意返鄉或移居，借力使力並且群策協力地找出創生創業並行的商運模式，是許多地方團隊面臨的共同課題。

在台北的時候，工作上的相處幾乎都是為了利益，每段對話都有目的；但在嘉義，談案子有時不先講利益、甚至不先講專業考量而是人情考量至上，情感佔相當大的比重。

返鄉前期，我最擔心案源不夠或不穩，後來發現地方政府和產業都很願意支持年輕人返鄉做事，我們不缺案子，缺的是一起做案子的人。地方人才畢竟沒大都市那麼多，除非彼此另外有穩定收入或經濟狀況良好，不然要兼顧友誼跟工作夥伴兩個身分真的不容易。

另外，在嘉義會遇到的困境還有男女不平等。在地方的社區事務或公共治理上，嘉義的男性還是比女性佔更多優勢，這些都是返鄉之前我沒料想到的挑戰。

現在的年輕人普遍不奢望賺大錢，只希望能用自己喜歡的方式、在想住的地方、過自己想要的生活。

以前，潘瑋茵回嘉就是單純的回家，休息放假就只陪伴家人，不多談返鄉貢獻、地方創生的抱負與理想，直到現在真正返鄉創業，才發現在抱負與理想之前，人際關係是最難處理但又難以避免的複合式謎題，必須妥善調配利益、專業和人情之間的比重。尤其在嘉義這種規模的城鎮，人與人、團體與團體間的政治張力相當明顯，只要一個細節沒有處理妥當，很容易被說閒話迅速傳開，於是得花更多心力在公關社交。

但她沒有放棄，返鄉路雖跌撞但有家人相伴，如今正式脫離新手村，關關難破關關破。她用公

司接案平衡盈虧，用協會名義執行創生業務，另外還承接下嘉義水道頭聚落的文創園區經營權，利用設計策展梳理朴子文史，讓文創園區成為男女老少都能自在進場參與活動的公共場域。

我自己是很愛運動的人。回嘉之後發現晚上真的沒地方去，乾脆每週一晚上固定跟嘉義創新學院借場地，找體能教練來帶地方青年做運動，一邊運動彼此也能交流聊天。說實話，在嘉義認識新朋友真的不容易，尤其很多人返鄉是為了接家裡的傳統產業工作，幾乎整天都待在廠房或農地，很難有時間認識對象或交朋友，所以我最想要辦的活動是聯誼會。

我的使命是當大家的串聯者，所有想辦的活動、想做的事其實都為了凝聚更大的返鄉青年力量。我沒有只想做「嘉義限定」的工作，我把嘉義看成支撐我、養成我、陪伴我把想做的事情完成的地方。我希望可以把視野拉高，以嘉義為根基去完成更廣泛、更多元的事。

使命是當大家的串聯者，所有想辦的活動、想做的事其實都為了凝聚更大的返鄉青年力量。

生活法則

Vol.10

高圓寺的笨蛋們

文字、攝影——高耀威

這個專欄以「大笨蛋」為名，是因為一位日本人松本哉在台灣出了《大笨蛋造反指南》，書裡的內容讓人深深嚮往。我從他之前寫的《素人之亂》便開始注意這個人，在東京高圓寺的商店街打造奇怪店家，帶著無政府主義的精神，組織商家鄰居及同道之人搞遊行。細細品味各種獨樹一格的幽默行動，會發覺其中隱含市井小民對普通生活的珍愛之心。

鬆鬆的、好玩的做喜歡的事

由於太崇拜，幾年前我曾自掏腰包邀請松本哉到台南演講，初見面時，沒想到大學就開始搞抗議活動的人（不滿學生食堂漲價20元，號召群眾衝進食堂），竟然是個

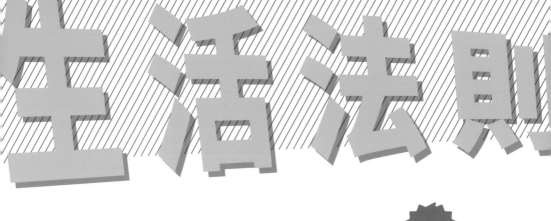

靦腆的大叔，身上又有許多莫名其妙的刺青，例如醜字寫著「我是台灣人」、沒有功能的微信條碼、手指關節上的「早寢早起」，融合各種反差萌於一身。幾年不見，又適逢疫情，很想知道他的近況，幾個月前用訊息提問的方式，隔空採訪他，他欣然答應，卻遲遲沒有回覆問題，最近我有機會去一趟日本，乾脆直接去高圓寺，當面堵（採訪）他，並親眼看看他的世界。

採訪前一晚，松本哉約我去西荻窪「三人灯」酒吧喝酒，他說那是一起辦「反對再開發」遊行的重要夥伴開的店。開門入內，松本哉與朋友已經開喝，許久不見他依然靦腆得不知所措，一旁是與他

Fool, dumb, and that's OK.

合著《素人之亂》的大學好友二木信。我問他跟松本哉怎麼認識的？他說當時就讀早稻田，與同學們發起抗議學校收回公共空間的運動，某天讀法政大學的松本哉突然悠哉地出現，加入支援他們。

沒多久一位與他們相熟的客人進門，竟然是台灣人，她說六年前來東京，住在大笨笨收容所（松本哉經營的民宿，頂樓有一間提供給台灣人免費居住的台灣大使館），喜歡上這裡而留下來，有時會去松本哉經營的「なんとかＢＡＲ」酒吧擔任一日店長。接著進門一位帥氣的女士，抽著菸以流利的英語

與我對話，經他們介紹，得知是杉並區剛擊敗開發派舊勢力當選的新任區長。

松本哉曾跟我說，他們的行動都是喝酒後喬出來的，如今我正身歷其境。那天他們聊些什麼我不清楚，只記得老闆放的歌很好聽，廚師的料理非常好吃，他們都一副鬆鬆的模樣，很享受地在喝酒，沒有革命前夕那種義憤填膺的氣氛，完全符合讀松本哉的書時的感受，帶著好玩的心態在做喜歡的事，無論是開店還是遊行。

奇怪是街區理所當然的存在

隔天下午，我依約來到高圓寺松本哉的二手商店「素人之亂

五號店」。他說因為疫情，大笨笨收容所暫停營業，二手店與なんとかBAR（書裡翻譯為蝦咪吧）則持續營業。最近正在串聯抗議，反對商店街道路拓寬計畫，這開發案30年前本該停止，他們發現幾年前暗中被重啟，感到很生氣。多年累積的街區能量，各種反對運動的固定成員大約有三十人，遊行申請書上寫的是昨晚遇到那位台灣朋友的名字。這次的反開發運動集結六十多人，我問他都沒有人是贊成（開發）的嗎？他說一般開店的人大部分都反對，但有個不住在這邊的房東贊成。

採訪期間，有印度人來買二手毛毯、有準備要到「蝦咪吧」開店的人來打招呼、還有鄰居推來要賣的玻璃櫃。我問他小時候的生活有沒有非常快樂的時光，他說小時候住在江東區：「那邊住著很多種人，大家都認識，有點像高圓寺，所以我很喜歡。」我也歷經在不同的街區開店生活，長期與鄰居相伴，面對共同的處境，我能理解松本哉的喜歡。

無論我生活在台南還是台東，也經常會面對在地與否的問題，歷經種種的我如今會說，在地人就是此時生活在這裡的人，無論來自哪裡。高圓寺因為開發遲緩，街區保有錯落的畸零房舍，吸引來自四方的人在此營生，房租相對開發區便宜，讓更多店主能盡情展現自己，踩著似乎隨時要坍塌的階梯上樓，古怪的次文化服飾選品店正在歡慶一週年；深深窄巷內的地下室，是一間老阿嬤經營的酒吧，奇怪的事在這裡理所當然地存在著。

一間什麼人都有、很大很大的店

採訪完造訪了松本哉經營的「蝦咪吧」，這是一間任何人都能申請顧店的酒吧，菜單可以自由發揮，當日營收扣除房租及店內常備的酒水成本，其他都歸顧店的人所有，松本哉說最常來顧店的外國人是台灣人。當天顧店的日本人甚至會說華語，我點了杯以豆漿調和燒酎的「豆漿嗨」，坐在角落欣賞吧檯上輪替的各種酒客，一個小時十多人進出，每個人似乎都認識，陌生客人進門會自然融入其中，華語日語夾雜，彼此似懂非懂地敬酒寒暄，我內心洶湧地欣賞眼前如劇場般的生活場景。

這樣的生活，何需再被拓寬呢？引述某場《大笨蛋造反指南》讀書會的分享：「大笨蛋就是一群

大笨蛋生活法則

高耀威

40多歲的人，著有《不正常人生超展開》一書，目前經營兩間店，一間是位於台東長濱的書店「書粥」，一間是在台南的共同工作室「白日夢工廠」，每月底會營業幾天「寂寞食堂」，持續練習另一種活下去的方法。

試圖逃離現行主流社會運作，重拾人與人之間連結的人吧～是一群社會資本雄厚的人呢？」松本哉藉著「不以賺錢為主要目的」的店，連結笨蛋與笨蛋，鞏固微小而確切的普通生活，這個生活圈，允許不傷害他人的任性妄為，接受躺平主義。

最近他正在寫書，探討疫情後，人們該如何因應以展開新的生活，一半寫給小孩，一半寫給老人。想告訴小孩，不要輕易相信老人與老師；想跟老人說，不要離開養老院，不要亂花年輕人的錢（哈哈哈哈）。最後我問他，如果突然得到一千萬日幣，打算用來做什麼，他說想開一間很輕鬆的店（到底要開幾間店），誰都可以來。

他總能藉著一間店，創造（或說保存）一個世界，如同他在接受「Openbook閱讀誌」採訪時所說：「在現有的體制內，我們把這個選擇做出來，讓人們自己選擇他們要活在怎樣的世界裡。」我想，他心裡一定有一間很大很大的店，裡面什麼人都有，大家喝醉了笑成一團。而我的心裡，也有一間。

, and that's OK.

地方是青年追求夢想的棲地

文字—張敬業　圖片提供—鹿港囝仔

終於來到最後一期的專欄，想私心談談自己與夥伴經營十年的「鹿港囝仔」，及從互相支持的信念下孵化出的創生事業與地方網絡。

鄉愁號召青年，產業把人留下

鹿港囝仔的夥伴陸續回鄉是在2012年的台灣燈會之後，當時的觀光比過去更蓬勃，但也衍生出環境與垃圾處理的問題。我們舉

張敬業

2012年返鄉成立「鹿港囝仔文化事業」，透過社區參與的方式重新認識家鄉。2015年籌辦今秋藝術節，讓人們重新對鹿港有新的想像。近年著重地方青年培力，計畫建構返鄉及移住青年的地方支持系統。

辦一場場「保鹿運動」環境掃除行動，討論如何讓家鄉環境更好，也透過行動重新認識家鄉。熱血活動過後，累積不少企劃、設計、行銷資源，及為推廣活動而習得影像拍攝、剪輯的能力。不同專業的養成為後來2015年起舉辦的「今秋藝術節」，及從中延伸的創生事業打下基礎。

藝術節的舉辦，激起夥伴投入返鄉運動的成就感，但有感於活動結束後如大夢初醒，大家還是得回到原本工作的城市，我們想留在鹿港生活，因而選擇創業這條路，同時繼續延伸藝術節中第三場所、共食、友善環境等的價值，陸續開展了酒吧、餐廳、手作品牌，近年也投入民宿經營。如此產業一條龍的做法，目前留下13位青年，同時透過貸款、合資經營，學習承擔更多風險及資本操作。若是想創造更大的影響力，就該讓資源網絡更寬廣，學習與社區以外的企業、政府資源合作，還有更重要的，是讓更多人可以來到地方生活。

從中介組織延展成支持網絡

2018年的「今秋論壇」，返鄉從事有機耕作的紀錄片導演許文烽回饋，很多人認為成名後回到地方才有影響力，然而把外面累積的資源帶回地方，並與之產生鏈結，才是真正發揮影響力的方法；以及，地方需要有經驗的青年作為中介組織，讓剛返鄉者可以諮詢。

地 方

這影響了我們成立「鹿港未來中心」，探討返鄉及移住青年的支持網絡，爭取到經濟部的在地青年創育坊、國發會的青年培力工作站等計畫中的中介資源。例如從青發署計畫結識的鰻魚哥俊傑，從返鄉前期的探索到後來的漁村生活紀錄、成立商號、組織團隊等過程，我們都以陪伴者角色提供經驗與看法；同時，我們也和風力發電企業合作，與不同階段的青年團隊共學，在彰化沿海六鄉鎮田調，並將這些內容上架到「地方魅力再發現」網站。

我從不認為這些提醒或經驗談能少走冤枉路，因為創業或返鄉生活要能精彩，該受的傷、該跌的跤從來不會少，但重點在這些陪伴與共同協作之後，能否讓自己學習承擔更大的責任與風險，如此才能換來事業、生活的成長，並帶著經驗陪伴更多投入地方的青年。

與在地脈動結合的藝術節

不知道是否因地方創生政策使然，或是地方團隊蹲點有成，「青年返鄉」似乎形成風氣。這三年鹿港開始出現許多不同以往的活力，如和興派出所宿舍群改建的「和興青創基地」，吸引許多創業團隊進駐；青創基地旁的石夏街口有移住的台日夫妻，經營日本茶空間「弎茶cafe」；返鄉與移住的陶藝家組合，一起在九曲巷老屋開了陶

與茶的空間「力野茶陶所」……，許多老屋青創空間陸續成立，有一股與過去從社區運動出發不同的活力，大家不只有商業思考更多了美感素養，願意為夢想承擔更大的經營壓力。

今年規畫三年一度的今秋藝術節時，希望透過展覽、表演和商圈活動，與新興的老屋青創空間串連合作。內容的展演透過返鄉的創造性人才，如編舞家、設計師、插畫家，與邀約國內外的藝術家合作，還有志工夥伴的投入，為地方創造更多可能性。透過藝術節讓地方空間、人才、素材有階段性的成果呈現，這些過程中累積的經驗，也成為節慶後回歸日常生活的養分。

如此營造出來的地方，應該是更友善、更適合青年留鄉發展、追求夢想的棲地。

專欄寫作雖然告一段落，未來還是會透過日常觀察與交陪，持續討論地方支持系統，也許大家會在某個地方的田野中相遇，後會有期！

LOCAL NOTE

【成立年份】
2012年

【團隊成員】
共有13名事業夥伴
分別投入鹿港囝仔文化事業、
勝豐吧、禾火食堂、東皐歇暝、
參先生、瘦子咖啡 鹿港大街等事業經營

【成員分工】
鹿港囝仔文化事業
（行銷企劃、視覺設計、空拍影像
、空間設計、地方資源整合）
勝豐吧（老屋酒吧零售、鹿港夜生活）
禾火食堂（餐廳經營、空間租借）
東皐歇暝（旅宿經營）
參先生（布料再生）
瘦子咖啡 鹿港大街（咖啡、輕食）

【主要業務】
行銷企劃、資源整合、餐飲旅宿、
地方內容交流規劃等

【收入來源】
店面零售、事業經營股利、
專案合作、空間租借、見學遊程

\ Vol.3 /

創造未來

文化永續對地方的重要性

文字—林承毅
圖片提供—林 事務所

以「地方創生」作為國家面對高齡化、少子化及城鄉過疏等時代困境的對策與方向，到今年底即將邁入第五年。隨各式計畫推動，社會對於創生相關議題愈來愈關注，並隨之展開各式行動方案、模式及方法，這不禁讓我思考——都如此賣力演出了，放眼未來是不是就此一片光明？

會不會在歷經前期多方摸索及行動推展後，眾人還是忍不住回頭詢問，這樣的「創生」到底正不正確？有沒有效？只要商業模式建構就算創生？或是把支持系統確立，才是創生？幾年下來，確實呈現一片眾聲喧譁的活潑狀態……

就發展觀光啊！返鄉務農啊！回鄉做小生意啊！文創商品做起來！保護地方古蹟啊！照顧家鄉長者，解決原鄉教育資源不足，或是到地方找問題並用創新模式來解決問題……

以上答案都是可能的切角，不同人採取不同模式及路數，縱使在創生先進國日本亦是如此，沒有所謂勝利方程式，也沒有ＳＯＰ，因地方各自的獨特性，再加上實踐者的起心動念、熱情及個性，交互之下創造的化學效應，讓事情顯得困難也深具挑戰性。如果真的要擠出一句話來收攏，也許就是「當清楚意識到地方明顯衰退，如何採取實際行動有效活化在地，讓地方不僅續存更充滿生氣……」。

這樣的城鄉未來是眾人所期盼的，而改變極需一點一滴的累積，才有逆轉勝的可能性，當產業找到活路、有所發展，確實能吸引人們前來。但這樣仍然不夠，要帶動地方的全面復甦，更需要的是建構「在地支持系統」，唯有在有脈絡的模式下推動，生活品質才得以提升，安居樂業的未來才真正指日可待。

２０１５年聯合國提出永續發展目標（SDGs）的概念，迅速席捲了社會創新領域並成為依循指標，而以「永續」為核心的概念與創生有關嗎？我私自認為關係相當密切，理由在於之所以積極投入創生行動，就是期待能讓每個曾經存在或人群所依戀之地，都能續存而不會走向地方消滅的命運。因此，追求地方的「續存」與「發展」，就是關鍵的終極目標。

而Sustainable這個字，在台灣習於被譯為「永續」，而我個人認為「可持續性」更為精準。無論是前者或後者，「環境」、「經濟」及「社會」這三大構面被含括其中，總覺得還漏掉了「文化」這一項？當環境遭受危害、經濟發展不穩定、社會發展困頓，永續將窒礙難行，但如果文化就此消逝呢？

回顧日本在2013年創成會議中，提出2040年896個自治體將「沒有人了」，這則地方消滅論預言，之所以被廣為重視，就是人們意識到當地方消滅，對於整個大和民族的傷害，歷史記憶、風俗習慣、祭典語言等無形文化資產的全面敗退，縱使還留下有形的建築空間硬體，但也是彷如軀殼的存在。當走到那一天，日本還是日本嗎？

回過頭來看，台灣應具備更為深刻的危機感，尤其台灣歷史短，族群多而複雜，文化意識有待提升，因此當面對地方存亡之際，需要投入更多的能量與行動，為地方保留下深刻的在地DNA，藉此守護當地傳統及背後的意義價值。當文化能續存在日常生活中永不滅，這樣的行動將是創生的根本。

創生到底難不難，成功與否，絕對不僅止於人口提升、產值增加而已，還是回到「你是誰？」這個看似哲學的問題。地方還是地方嗎？還是早已失去記憶與祖先的傳承，成為另個規模較小但相仿的城鎮？如果地方走到這一刻，再多的觀光客造訪，再強大的商業模式，都只是在創造一處想像中的異邦或僅存鄉愁感的失憶之城而已。

唯有持續珍惜既有的文化傳承，並從生活中感受在地魅力，持續演繹這一切，讓文化驅動在地自信，有認同感的地方，才是真正創生的前方。

BACK ISSUE

《地味手帖》是以「生活有著開闊可能」而生的風格指南誌，藉由每期專題一步步往地方邁進，從日常生活所見、所用、所思，形塑自我的地方生活觀。過往期數主題，各大實體、網路書店、獨立書店，均有販售。

收藏創刊

| NO.00 |

流動生活：實現二地居住、自創工作的新可能

2020年6月出版

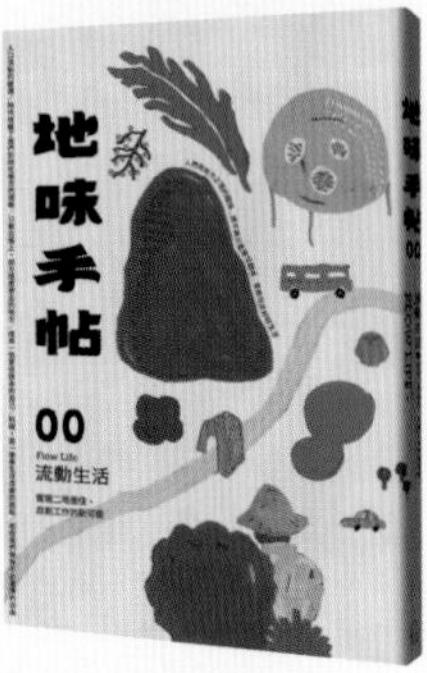

經典熱賣

| NO.01 |

地方個性：創造地域生活感的人與事

2020年8月出版

| NO.02 |

風土技藝：留住文化留住人

2020年10月出版

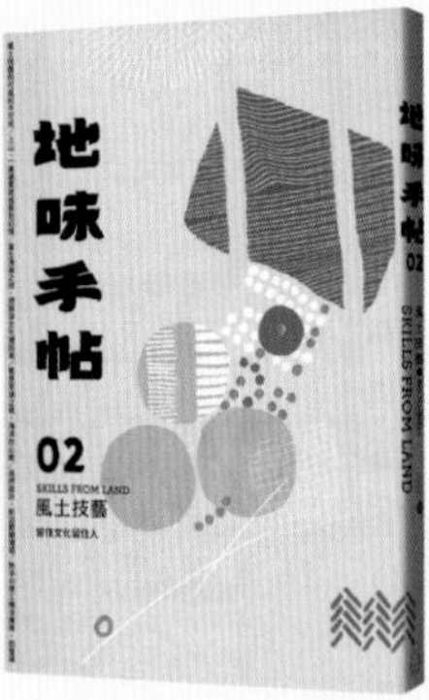

| NO.03 |

秘密據點：地方工作者的地下事務所

2020年12月出版

金鼎獎加持

| NO.04 |

繼承家業：新時代的返鄉傳承路

2021年2月出版

| NO.05 |

家屋現在式：家的面貌再定義

2021年4月出版

來聽故事

| NO.06 |

移動販賣車：日常中的地方行動

2021年6月出版

| NO.09 |

街區一直在：地方生活感的來處

2021年12月出版

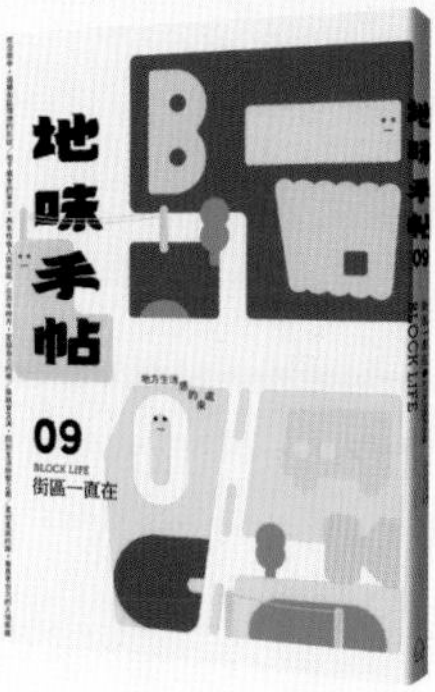

| NO.08 |

聲音風景：聆聽地方的不可見

2021年10月出版

| NO.07 |

野孩基地：長出地方的歸屬感

2021年8月出版

\ 地方生活愛，延伸閱讀！/

菜場搜神記：

一個不買菜女子的市場踏查日記

【作者】蘇菜日記｜蘇凌

【出版】2022年6月

入圍台北國際書展大獎—非小說類

地方攝影浪潮

| NO.11 |

村之寫真：凝視而後改變的力量

2022年4月出版

生活新趨勢

| NO.10 |

地方兼業：創造自己的在地交往

2022年2月出版

| NO.14 |

望族之後：穿過時代脊簷的光

2022年10月出版

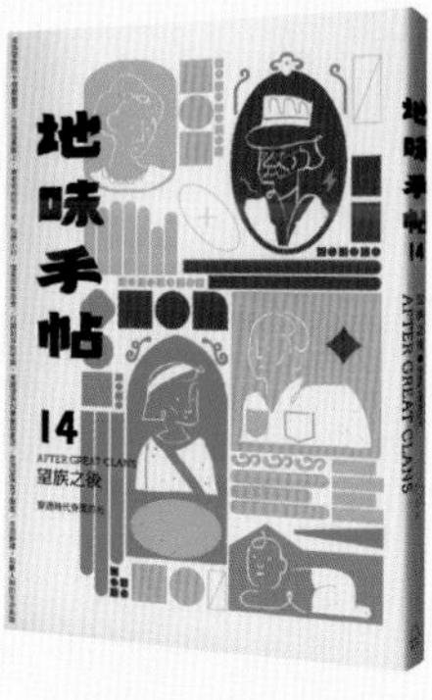

| NO.13 |

地區賽隊：地方愛的熱力展現

2022年8月出版

| NO.12 |

鄉村博物館：尋找自己是誰的方法

2022年6月出版

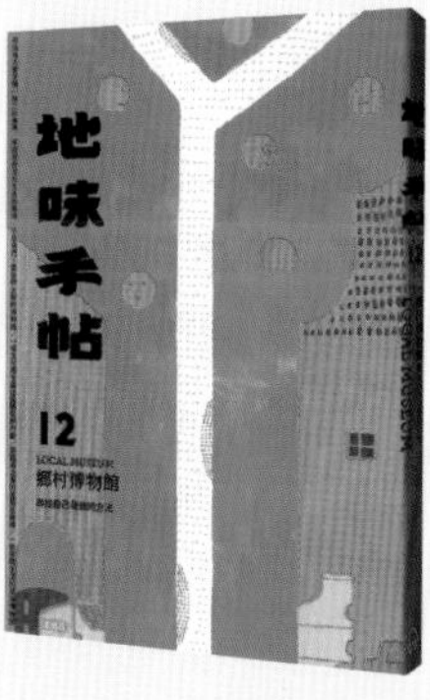

高雄山·海·縱貫線的里鄰雜貨店

Ko-hiông kám-á-tiàm

回家順路揹豆油

高雄的山、海、縱貫線
×
58家里鄰雜貨店
×
12位以畫筆、文字和相機誌店的人

在大寫的歷史與小寫的人之間，
尋訪地方雜貨店的場所精神，
不必遙想——有雜貨店一起的生活。

掃描看更多資訊

地味手帖【15】

游牧聚落

——探尋生活原眞的可能性

主編 —— 董淨瑋
執行編輯 —— 郭思妤
編輯顧問 —— 林承毅
封面設計 —— 廖韡
內頁設計 —— Debbie Huang、安比

社長 —— 郭重興
發行人 —— 曾大福
出版 —— 裏路文化有限公司
發行 —— 遠足文化事業股份有限公司
地址 —— 新北市新店區民權路108-3號8樓
電話 —— 02-2218-1417
傳真 —— 02-2218-8057
Email —— service@bookrep.com.tw
客服專線 —— 0800-221-029

法律顧問 —— 華洋國際專利商標事務所 蘇文生律師
印刷 —— 凱林彩印股份有限公司
初版 —— 2022年12月
定價 —— 380元

Printed in Taiwan

游牧聚落：探尋生活原真的可能性 / 董淨瑋主編. -- 初版. –
新北市：裏路文化有限公司出版：遠足文化事業股份有限公司發行, 2022.12
面；　公分. -- (地味手帖；15)
ISBN 978-626-96475-1-4 (平裝)
863.55　　111020976